恋物百科全书

巫·爱·身·衣·医·瘾·灵

Encyclopedia of Fetish

李欣频　著

旅行强迫症患者的 **25** 个借口

695人出国为了躲债

369人出国是为了要失踪

958人出国为了制造不在场证明

527人出国是因为不想找心理医生

4833人出国是想到换日线的另一边延缓老化

881297人出国是为了避暑，另外25489人则是为了避寒

98525人出国为了艳遇

67894人出国为了换情

0123456789

3586人出国为了治疗过敏症

56人出国是为了飞机餐

28631人出国是为了要离开没有想象力的家

5897人出国是为了要改变体温

652413人出国是要排练人生100种结局

56911人出国是为了看空姐

95874人出国是为了要断绝父子、夫妻或师生关系

7287人出国是为了刷爆信用卡并挤爆相簿

3675658人出国是为了测试录音机及人际关系

12596人出国是为了让家人和情人思念

4513人出国是为了确认国籍

96人出国是为了有机会诈领千万保险金

78人出国是为了实验早餐结构、晚餐形式及中餐口味

365人出国是因为乱流可以改善血液循环

7418人出国是为了免税店或买半价名牌

36977人出国是为了训练分散注意力

654783人出国是为了要离职

1565863人出国是让自己被殖民

REFLEXOLOGY
AROMATHERAPY DECODER
MUMMIES
Book Mark
THE LITTLE
Voodoo
KIT

恋物百科全书

Encyclopedia of Fetish

集结三年
ELLE 杂志
TVBS 周刊专栏

书写关于旅行中的：
巫·爱·身·衣·医·瘾·灵

巫　我一直想要有超能力
　　所以四处寻求有法力的器物

身　眼耳鼻舌身意
　　所有感官都在激动

爱　一个人带着思念去旅行
　　会有买下两个人未来的冲动

衣　如果可以出版衣服
　　我就不会出版书

我体内有一座
博物馆的需要

班杰明（Walter Benjamin）体内有个图书馆般地，不惜变卖家产拼命买书，我体内亦感觉到有一座博物馆的需要，这座博物馆早已分好类别，等着我去旅行填满——我以广告文案的收入，供应自己从28岁以后每年出国败家六次，每次旅行都像是中蛊，买一堆奇怪却用不到的东西，把家里摆得像是精神病患者的收藏院。

我是从旅行里找出自己的精神脉络，在购买中建立自己的物体系，从收藏里归纳出自己的恋物信仰。原来没有打算这么有条理地逐一公之于世，毕竟收藏是一件如此私密的事，收藏犹如一个人的癖好，一个人的瘾，但在2001年初，*ELLE*杂志的慧嫚邀我开一个专栏，当时第一篇《经络板与医疗的性感行为》开启了我旅行对象的书写，后来转移阵地到了TVBS周刊的专栏《旅行证据——凡走过，必留下账单和一个永远的异国记忆在家里》，在将近三年的书写累积之下，已经不知不觉地完成了三十多篇，五万多字的稿量，然后花了快一年多辛劳耗尽的美编过程，终于结集出版。

旅行时，我以shopping掳掠所有一见钟情的对象，以扩充自己的恋物版图。

这是依据阳光法案所公布：我的恋物情节，我的收藏型录，我的财产列表，我的百科全书。我以收藏这些物品作为中年后最大的慰藉，一如拥兵自重的诸侯，对外面的大环境进行一场无言的抗争，对内则在自己的国度里进行着宰制、却互相拥有的行为。

旅行仍在继续，收藏尚未停止，我体内的博物馆依然索求无度。

旅行瘾戒不掉
博物馆还在扩建中

《恋物百科全书》出新版本了，浏览书上的对象，再看看自己房里的东西，天啊……又多了好多东西：在香港海港城买的分类广告床单、意大利买的心经床单、京都买的心经杖与白色书包、印度买的彩色僧背包……很想搬到一个更小的房子，或是干脆搬到庙里去住，这样就可以彻底戒掉我永无止境的旅行购买瘾。

感谢买了这本书的读者如你，当你开始阅读，你就成了我告解的对象；你阅读这本书的场所，就是只有我俩独处的告解室，说着关于我的欲望、我的败家、我的恋物、我的兴奋、我的堕落与我的忏悔。

馬

同行二人

当恋物已成往事

最近，一趟长达两周的北海道、东京之旅，返家后，打开行囊，照例拖过一只空箱来，预备盛装，过往通常总是要几乎满溢出来的，形色旅行战利品。然而，没有，除了几样答谢工作伙伴这段假期里义气相挺的例行伴手礼、几瓶自家爱饮的大吟酿之外，其余，空空如也。

"为什么这次网站上发表的旅行图片集中，没有包括你买的东西呢？"面对熟识读者的特别来信询问，我无言以对。

其实，在完成我的第一本书，一般被定义为是一本关于恋物书写的书的当口，我就已经一点一点地，开始怀疑我的恋物血统也许并不纯正了。

在那之前，我曾经理直气壮地相信，我当然是绝对恋物的。

比方我对于美感的偏执，从小到大从未改变过，不够美丽耐看、太过斑斓花哨的器物，一律不想用、不肯用。

比方我搜集各式各样的杯子。每每造访我家，一打开门，映入眼帘的，必然是一整柜顶天立地、琳琅满目、各式各样的中式杯、西式杯、日式杯，每位客人都可柜上随意选一只，以盛装接下即将奉上的好茶。

比方前几年一直在室内设计、时尚媒体工作，加之素来喜新求变的射手座个性的作祟，这世界日日不断轮番上演的新的事、新的物、新的牌子、新的作品，每一回，都能成功激发起旺盛勃勃的新鲜感与占有欲。

然而，曾几何时，一年一年地，心态想法逐渐改变。首先失去兴趣的是品牌。……B&B、Kartell、Royal Copenhagen、Bernardaud、KPM、Mono、Arabia、Kahla、Menu……曾经如数家珍、"梦想清单"上密密麻麻排了一长列的名字们，竟渐渐地开始一一觉得可有可无起来。

然后，是所谓的大师手笔、创意杰作。即便再炫目、再耀眼、再怎么凌驾于想象之外，对我而言，远不如实实在在回归机能、回归材质、回归此器此物的本来用途、本来面目的"基本款"，要来得亲切、踏实、澄静、有情味。

尤其直到最近，再一细想，虽说还是一样日日从柜子上挑选不同的茶壶茶杯喝茶，然而，我的杯子们，似乎已有一年多不曾再添过新伙伴了。至于不具任何实用目的的纯粹装饰品或是生活器物以外的衣饰配件妆容什物，则早在进入这个世纪甚至更早之前，就已不存在于我的任何购买欲念之内了。

是不是已经累了倦了呢？疲倦于此心在无穷物念里不停流转，疲倦于以有限的精力心力与居家空间追逐永远无限的欲望……而或者只是，进入了另一沉重潜思考的阶段吧！

"不管在哪一种层面上，人所真正需要的，其实常比他所有的要少得多了。"——从很多很多年前，我便有着这样的体悟。

但即使是这样知道着，我却始终并不曾，于是终究能够飘然世外物外，其正能够孑然此身无所思、无所求、无所牵系负载羁绊。

那是因为，对于人世，对于"活着""生活着"这事，还仍旧拥有许多许多的热情与好奇、期待、渴望。渴望着看见更多、体验更多、懂得更多，渴望着活出滋味、活出自己。

因而开始知道并相信，恋物这回事，所恋者，其实是远远超乎于物之外甚至是非关物的。

因而悄悄地、暂时停下了脚步，重新咀嚼、重新思考、重新寻找。多年恋物生涯之后，物之于我，到底是什么样的意义；我之恋物，到底其正恋的、想要的、追求的、在乎的又是什么样的东西。

然后这当口，读到了欣频的这本《恋物百科全书》。

一如我对欣频的认识：这个随时拥有无比的、看尽世界看尽一切的欲望、勇气、决心与实践意图的惊人女子；这一回，她将她随时如烟火般灿烂迸发的文采与才情与无边的想象、洞见与行动力，整个儿投注于恋物上，成果自是令人目眩神驰继而微笑叹服。

我想欣频是懂得我的。读完了这本书，我顿有所悟。

正如此刻的我一样，欣频在写作出这样一本看似彻底华丽、彻底耽溺的恋物书的同时，其实正经历着和我一样的心路历程。

"旅行仍在继续，收藏尚未停止，我体内的博物馆依然索求无度。"书一开始，欣频在她的自序里如是说。

"我们可以生活得更简单，如果我们可以不受广告影响这么深的话；我们可以过得更幸福知足，如果我们不以购物作为成就与自我满足的方式的话。"书的最末，欣频如是说。

遂而明了了，在这本书里，欣频将她自己、将所有的文字，化为一篇巨大的寓言。

她一边儿从头至终，絮絮叨叨、沉迷执迷着叙述描绘了一件又一件光怪陆离、瑰丽诡奇、令人眼花缭乱、目不暇给的缤纷物事；一边儿气定神闲有备而来，甚至是有些狡猾地，在全书的最末，才突然"当"地敲了一记警钟。

"没有了灵魂的浮士德，不论得到多少东西都不会满足。"仿佛与自己所细细密密编织起来的这寓言之网相辉映，欣频举了这话，冷静做了总结。

第十八分馆的秘密

这是一个追求爱情的城市，也是展现的时代，每个"爱""现"族除了勇于更新自己的爱情之外，更应该拥有自己的爱恋博物馆，不定期举办爱情成果及收藏品展览。

如果你活得够炫够精彩，驰骋爱情王国，就绝对有资格和本书作者李欣频一样，建构自己专属的爱恋博物馆，陆续推出一系列的各种主题展示。

从李欣频一字一句、一幅幅的素描摄影、手抄稿、脑内革命的创意、几年独创风格的创作经营下，一砖一瓦地盖起了她的爱恋博物馆。依照她呕心沥血之作，至今已有五大主题馆，分别是广告文案，旅行摄影，美食创作，网络创意及爱情／文学。各主题馆之内，各有分馆，至今已多达十七个分馆。这本精彩绝伦，拍案叫绝的《恋物百科全书》，排行第十八分馆。其中奇珍异品，绝妙好词，令人目不暇给。

第十八分馆究竟珍藏了哪些秘密？情人的断指，或者外星人寄来的情书？或者让你激情澎湃的巧克力？作者的巧思安排，加上丰富幻想力，一些些的自我调侃，李欣频再次成功地完成这本著作，增添了许多令人莞尔一笑的描述，她不仅是文字的创作人，更是活生生的都会才女。拥有十八分馆的各类著作，这次我们该如何推门而入，一窥其中之奥秘，享受她为读者巧思构想的陈述摆设。女巫的面具？情人身体？还是她的恋物版图？

从目录开始就引人入胜！《爱情暴君的情人手环》《考究情欲的上海性博物馆》……光看这些标题足以让人流连忘返。李欣频作品的迷情吸引力，远超过"欲望城市"四大美女给你的回眸一笑。不要忘了，我们都生活在情爱欲望的迷魂阵当中，没有女巫作法避邪，爱情很快降至绝对零度。如果你细读《恋物百科全书》里的枝枝节节，会恍然大悟，原来爱情也有解剖学。

"我喜欢俊美男人的细节，所以我想开一门'情人身体学'，自己选各式各样的情人身体作为教材，依精彩程度，安排一学期或一学年的课程，做一场场不用手术刀却可以逐步微细分析研究的大体解剖。"

了解爱情，先解剖情人，无刀无血却是手到擒来，栩栩如生的摆设在目光之前，任你欣赏。无论视觉、触觉，无一不是感情最精粹、反应最灵敏之

细胞，这些逐一描述的"爱情的身体教具"，早已化成作者爱情年代的图腾与象征。

欣频写书，绝不是单纯地写写文字，摆摆图像而已。作家悲天悯人的情怀（不是每人都有的），会让她想解救飘浮情海的男男女女，以她女性细腻的笔触，缓缓道来，为何爱上男人的俊美，"有时只因为他的手细长而美，然后就盲目地爱上他的灵魂。有的是因为掉进他的眉宇眼眸之间，然后就爱上他的一切。"并非我谄媚的形容她伟大的创作情怀，而事实是，在太多的当下作品中，男人所代表的只是欲望与性别而已。《恋物百科全书》将男人如珍品般收藏，下一季恋爱的男人幸福了！

但她仍然提醒恋爱中的男女，注意自身品管安全，以免被退货，浑然不知。爱情的谣言在女孩子之间传播甚速，如果你不知道《爱情遗腹子的洋娃娃》的故事内容，就不要随便答应情人要求的洋娃娃，因为你即将成为爱情烈士了。

"我成了收集娃娃癖的单亲妈妈——如果你与我交往了一阵子后，听到我温柔地向你要一个洋娃娃，那表示我已经准备要跟你分手了。"

这本书记载了作者上山下海，走遍天涯海角，大小店铺，可吃不可吃的，都收集于此。这些物品从原产地等著作者发现，漂洋过海，小心呵护地收养在她生命旅程日记的博物馆。每件物品，从陌生到热爱，以至于迷恋，作者加诸了多少生命使其活化，将她年轻女子的私房话逐一烙印进去。若爱慕她的男人看到这些恋物，必会视其为爱情原配，即使死亡，还占了她内心深处某一部位，无法触及，一种无法与之争宠的失落感。

在创作的年代里，欣频将流动的自我情感，成形而凝固在本书的诸多收藏物品上，写成《恋物百科全书》。即使只是恋物，其实也是恋己爱人的投射。如果旅行是认识世界的方法，那么恋物记载就是她走入自己内心世界的旅程。加拿大名小说家李欧纳·科恩曾经写过：

"我不要成为一颗星星，无所事事，只等死亡。请让我饥饿，这样我就不会成为静止点，这样我就可以分辨树木多彩多姿的生命。"

要成为动态的生命，先保持饥饿，如此你便有爱恋的力量，而且光是爱人仍是修行不足，还要将爱物升华为恋物，无论新旧情人都会依照生物类、门、纲，收藏在本书内的专门展示区。这样，你也有了一栋博物馆，展览期间，你与作者李欣频一样具有迷人的风采，千变万化的生命色彩。

020—021

巫

我一直想要有超能力，所以四处寻求有法力的器物。

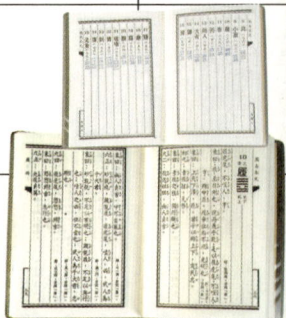

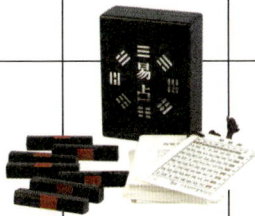

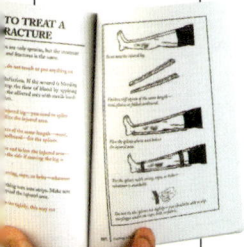

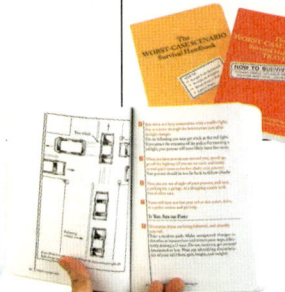

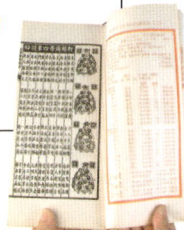

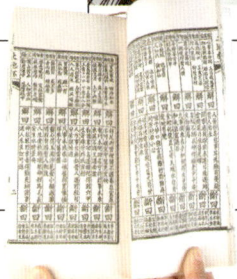

巫

摩洛哥巫师袍

我到了摩洛哥。不是摩纳哥的那个摩洛哥。

先说明一下，我去的摩洛哥在北非，不是那个有王妃、有赌场的摩纳哥，我们这团还有人坐商务舱换了几万块美金准备去豪赌，结果我们到了没水、没电，被迫随地大小便的撒哈拉沙漠。

我一到了摩洛哥，对那里颜色丰富的地景惊艳不已：离自己最近的是绿洲，过去一点是沙丘，再过去一点是平坦大块、裸露得很性感的枯高原，再往更远的地方是被阳光染成粉紫色的山，山顶峰有雪，更高的地方是半透明的云丝贴在湛蓝的天上……原来上帝（在这里应该改口叫：阿拉）是最有天分的画家，整个摩洛哥被他挥洒得很过瘾！

第二样让我兴奋到尖叫的是摩洛哥的传统服饰，中文翻译为"吉拉巴"（Jellaba），那是一种尖帽连身长袍，有点像是庙里道长穿的，但极简且美多了。

"吉拉巴"因为多连了那顶尖帽，所以从侧后方看来就像是件巫师袍，不论男男女女，颜色都漂亮得不得了，说不上来的那种绿，有点像苹果绿，但多了10%的黄，所以更耐看；然后还有说不上来的那种黄，很有品位的那种贵族黄；有神话质感的粉红，很希腊的蓝，很魔幻的紫，很惊悚的黑……摩洛哥人实在太会用色了，把这个很贫瘠的国家，穿成这么多丰富的身体风景，服装设计师如果来这一定会疯掉！

你能相信吗？那里伸手跟我要钱的乞丐，是个穿着很压抑的咖啡色混合米白条纹的巫师袍，轮廓深峻，看起来道行很高、你很想托付终身的法非混血帅哥。当我清晨看到穿粉橘巫师袍的妇人在我右手边买薄荷叶，左手边

026—027

还有位教宗红的男巫师背对着我在肉摊买肉，我后方还有个穿紫灰袍的老巫师正在清运垃圾……到处都是巫师走在街上与我擦肩而过，我真的觉得自己身在巫师与麻瓜和平共处的魔法世界里，真的真的很魔幻写实！

我走在路上拼命看这些巫师身上我从没见识过的颜色，然后赞叹地尖叫连连。

我拼命穿梭在市集小店之间，努力找着合我尺寸的巫师袍，买了这颜色，看到别色又想买……我本来想买齐七种颜色的巫师袍，准备摆在衣柜里随时公开我的女巫身份，但光红就有数十种，黑也有各种层次、各种布料与细部质地的差别，简单地说就是每件都想买啦！钱到用时方恨少，可惜我爸妈不是巫师，没在古灵阁帮我存一大笔纳特（巫师币），要不然会被我全败光。

我总共买了八件巫师袍。还好我很会杀价，每件都被我用狠毒的英文杀到两折才下手。

不过回国就回到现实，不敢穿上台北街头以免被送到疯人院，我只好在家当家居服，没事走到镜前自照，还有就是穿出来开门吓吓那些送快递上门的小弟，然后放着CD，把家里的气氛弄得很中东，神秘诡谲——"魔"洛哥的魅力，从年初到现在，还在我的生活中施法力！

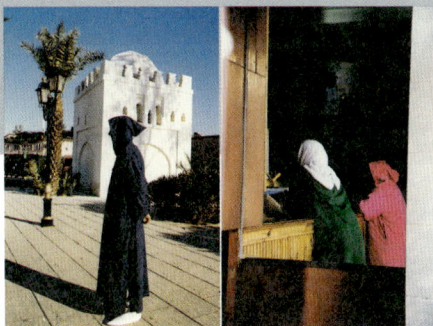

女巫占卜防身阵

我是那种打破沙锅问到底的人。再加上自己是火象星座，所以更不能忍受暧昧不明的状态太久，一分钟都够受了。所以自我识事以来，我的算命史已经历历可观，十多年来，我也已经因为爱情多磨，算命都算成精了——想问你和他的未来有没有可能？问台北行天宫地下道的何先生最准！想问你和他的前世姻缘？问台北福兴路的陈婆婆最灵！想知道他到底有没有背叛你，问台北民生西路的阿伯就一清二楚……所以我常被家人骂，说我是全家学历最高，却是最迷信的人。

年纪越大，就越没有本钱在爱情上摔跤，反正骨头也不好，前有坑洞就绕路慢行，别和自己过不去。当我对人一见动心，我得先冷静下来问到他的八字，把这个人弄到透，然后决定要不要聊下去和他谈恋爱——朋友说我把本来可以很冲动、很激情的恋爱，搞得事前评估、评分、评量，像在做财测一般，连什么时候他会表白、会吻我、会火热、会吵架、会有第三者、会分手……都一清二楚，这恋爱谈下去，跟照连续剧剧本演戏有什么两样？哪有什么惊喜的乐趣可言？

但我就是对我有兴趣的事情绝不允许自己后知后觉，就像我看电影非抢在人家前几星期看到试片不可——老是冲锋陷阵，什么事都跑第一，连恋爱都是最早出手大

方的爱情凯子，只有算命才是我最好的煞车，提前减速转弯以免失速肇事。

正如某个政治人物所说，算命是路况报道，告诉你塞车前方还没看到的路况，供你判断要直行还是绕道的情报，不过要怎么走，方向盘还是在你手上，像电影《关键报告》里，虽然"预视先知者"可以预测人的未来，但是"YOU CAN CHOOSE"，命运脚本在前，我们还是有权决定是否要照着走，或实时转弯。

为了节省以后持续开销无底洞的算命费，于是买了自己可以在家算的各式DIY道具：在香港上海滩买的签筒、西藏密宗占卜牌、英国塔罗牌、日式易占道具、一整柜的易经书籍……好像行头越多，自己就越有灵性。真希望自己能通占卜，让自己从此少受点伤，少花点钱，真是有点鸵鸟心态的女巫大梦。

后来我真去学了星象、塔罗、玛雅历，还去学了两年半的易经，对易经以阴阳两爻组合成万事、万物、万象感到十分佩服，就像计算机的0与1可以构成虚拟大千世界一样，绝不是瞎猜搞几率，你如果真懂了，它真是一门很难的科学天机，无论你问什么，64卦选一都能给你吓死人的答案。比方我在决定是否考研究所之前先占了一卦：原卦是"水地比"，变卦是"泽地萃"，从字面上就知道这个要进入竞赛的卦，然后变成能顺利被选出来通过考试的卦，厉害一点儿的，还能从这卦看到我的名次……

算命现在已经是全民运动，种类更是百家争鸣：鸟卦、灵龟、米卦、象棋神卦、灵相卦、金钱卦、紫微斗数、风水、测字、面相手相、通灵、占星、摸骨、铁板神算……所以你最好也会一项，好则结人缘，至少明哲保身，当成女巫防身术。

不过正因为我有这么多算命的经验，加上自己学了易经，知道其实人生泰极就否来，有起就有落，即使同一个卦给不同的人解读，有可能会有两种截然不同解释的风险，同一种天定八字也会有不同的成败"活运"；要不是凶多吉少，要不就是吉少凶多，没有一卦是绝对凶或绝对吉，知道了这些，就反而不会执着算出来的结果。或是你可以找一个生性乐观的算命师，他什么都往好的看，自然会鼓舞你往有希望的地方解困，他就是你最好的心理医生。

引一段唯觉老和尚对命理的看法，他说："七尺之躯不如一尺之面，一尺之面不如三寸之鼻，三寸之鼻不如一点之心。"举个宋太祖时代的例子，当时被派去攻打宜滨县的元帅曹斌，在出征前遇到了陈搏仙人，告诉他："你是中年富贵，但晚年凄凉会不得好死的命，如果能多修点善事，或许能改变你的命运。"当曹斌顺利的攻下宜滨县，部下提议要屠城以断后患时，他反而下令："所有的战俘若要离开一律发给遣散费，想留下来开发的，就给土地帮助成家。"后来曹斌回朝又遇到陈搏仙人，他说："大人，您做了什么呀，您的相都变了，眉目有彩光，晚年一定会很好。"

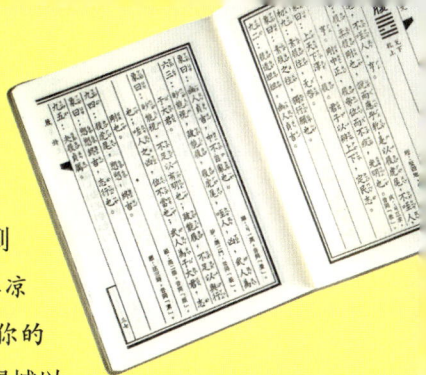

所以，虽然人有气势、时势、运气，因果让人生来不平等，如果先天命不佳，心善就能转运；你命再好，没把握机会努力求善，好运也会跑掉。

现代的女巫不会被烧死，所以不要玩弄会算命的女子，你的招式、你的心机、你的背叛、你的谎言、你的花样，她一下就看破，你玩不过她的。

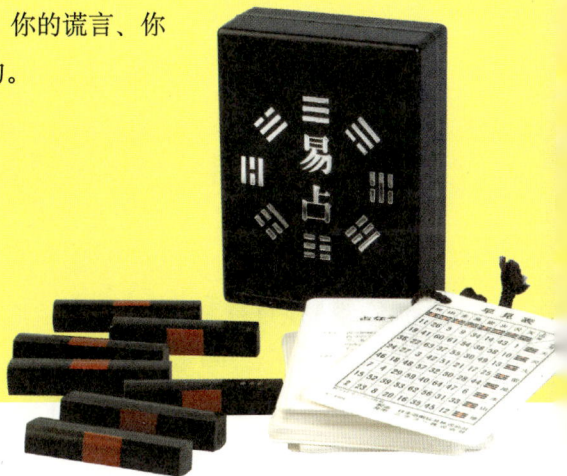

女巫专卖店

不知道是前世的哪一世，我应该曾经是一个女巫吧。举凡所有关于女巫的电影，我没有一部错过，而且对于有法力、有预言力、有超能力就有魅力的女子心生羡慕，总希望自己有一天能成为一个善良的女巫，行侠仗义，像千手千眼、手持数种法器的密宗观世音菩萨，救苍生苦难病痛。

所在近五十多次的旅行途中，只要被我用眼角余光瞄到：任何关于女巫的东西，或是店家，或是节庆，我一定是完全失去抵抗能力，像被下蛊似的往那里靠近，疯狂地拍照，或是不看标价地买下女巫的相关物品。我在摩洛哥市集买到的：一件黑色厚布连尖帽斗篷，帽端还有长须可以随风飘扬——斗篷不轻，看样子我得找一个超级光轮2000扫帚，才能把我连袍子一起抬上天。

买这件斗篷可是发挥我超狠的杀价功力，足足对砍一半——价钱虽只剩1/2，杀完不到100元，但这个一眼就知道只有女巫才穿的斗篷，法力可是丝毫没有减少的；如果它还能有像哈利波特隐身斗篷那样的特异功能，那

我就可以变成神隐少女了。另外，我还有三只小女巫，一只是在日本太宰府外一家小店买的：白发少女巫——穿着蓝布衣翻红的披风，坐在一支竹与棉合体的扫把上面，很可爱，有点魔女宅急便的味道。另外两只是在布拉格买的：用彩色黏土做成、戴着老花眼镜坐在竹扫帚上的老女巫……这些自然都进了我的女巫家谱。

我还记得上次到德国采访时，意外路过一家女巫茶馆，走进地下室，昏黄的灯光中挂了数十串香料、大大小小的女巫，甚至还有调配药草、药茶的各种道具……我一进去这茶馆就几乎不肯出来，想就从此进驻在这家店里的神秘厨房中，实验各种嗅、味觉。现在回想起来，当时的我，应该是被阵阵心荡神驰的药香迷惑住了心神吧。

只要书上有"女巫"的字眼，就不可能逃过我的法眼。比方在香港买的《女巫词典》、在北京买的《中国巫术》、在上海买的《巫术与中国巫术文化》、英国人写的《金枝精要：巫

日本太宰府买外卖的白发少女巫

布拉格买的黏土小女巫

术与宗教之研究》，以及一本在台湾女书店买的《猎杀女巫》、龙田出版的《魔法》……洋洋洒洒地摆成了我一个独立的"女巫书柜"。

英国《泰晤士报》说，一对五十多岁的英国夫妇，希望开办全欧第一所专门培训巫师的学校。如果他们可以收我的话，我真希望报名入学，就穿着这件摩洛哥的女巫斗篷——因为买到现在，还没到复活节，苦等不到台湾寒流，也因为长期不景气无人办化装舞会，所以完全没机会穿出门亮相。我朋友好心建议我，只要在家把冷气开到强冷，就可以揽镜自"罩"。

摩洛哥的女巫斗篷、三支女巫娃娃及数本女巫教科书……再这样买下去，我就可以开一家女巫专卖店了。

九命怪猫逃生书

*HOW TO SURVIVE*这两本书，是我9月初在纽约知名旅行书店Rand McNally架上买的。如果我在纽约再多待两天就会正逢911恐怖攻击事件，或许这两本书就能派上用场了。

太多天灾人祸，加上遇到个千年难得一见、恐怖得超有创意的本·拉登，我越来越想要成为电玩里打不死的女主角，或是卧虎藏龙里的玉娇龙：一身肌肉矫捷，美丽的身影飞檐走壁让敌人抓不到踪迹。

*HOW TO SURVIVE*这两本书很有趣，除了你想得到的：怎样防被骗、如何在飞机失事、暴动、绑架、抢劫、深山迷失、海啸大浪、山崩、雪崩、酷寒水里、火灾、风尘暴等等灾难下安全存活；以及你想不到收到炸弹邮包怎么办，如何控制一只发疯的骆驼或是野马，如何停住一部煞车失灵的车子，如何紧急迫降一架失控的飞机到水面上，如何安全行贿，如何尾随刚偷完你东西的小偷，如何摆脱人或山熊的跟监，如何从这栋高楼屋顶跳到另一个屋顶上逃生，如何从快车行进中安全跃出，如何从挂在悬崖

HOW TO SURVIVE

ISBN 0-8118-3131-0
ISBN 0-8118-2555-8

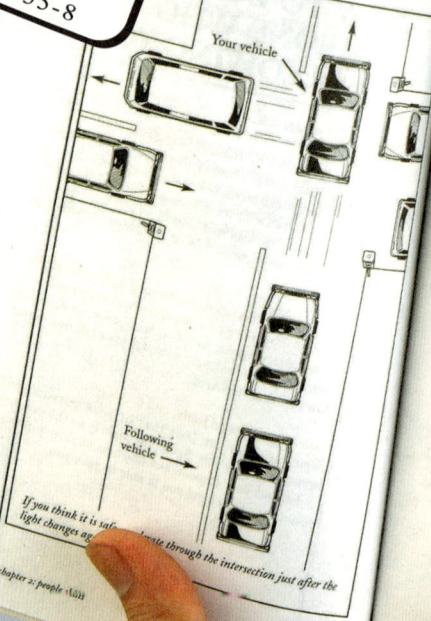

Your vehicle

Following vehicle →

If you think it is safe... ...ate through the intersection just after the
light changes ag...

4 Slow down at a busy intersection with a tra...
then accelerate through the intersection ju...
the light changes.
The car following you may get stuck at the
If you attract the attention of the police for r...
red light, your pursuer will most likely leave t...

5 When you have several cars around you, spe...
get off the highway (if you are on one), and ...
several quick turns to further elude your pur...
Your pursuer should be too far back to follow...

6 Once you are out of sight of your pursuer, pu...
a parking lot, a garage, or a shopping center w...
lots of other cars.

7 If you still have not lost your tail at this point...
to a police station and get help.

IF YOU ARE ON FOOT

1 Determine if you are being followed, and iden...
your tail.
Take a random path: Make unexpected chan...
direction at intersections and retrace your steps, ...
tively making a U-turn. Do not, however, get yo...
disoriented or lost. Note any identifying charac...
tics of your tail (dress, gait, height, and weight)...

边缘的车里爬出来，如何从后行李箱中逃脱，如何在被外星人绑架的现场找机会找器材对外求救，如何在高速坠落的电梯中自保，如何在火车碾过来的千钧一刻之际躲到轨道的夹缝中求生，如何从瀑布、深井、冰河洞里爬出，如何在沙漠干涸之地里找水，如何在雪地里挖避寒洞穴，如何在丛林里做猎兽陷阱觅食、万一被毒蜘蛛或蝎子咬了该怎么办，如何安全通过有食人鱼的河，如何保存断肢新鲜直到送到手术室接回去……这些都以清楚的图解，步骤一、步骤二地将解围的方法说明仔细，真是又实用又好看——这群作者都有丰富的被害经验，这两本"大难不死九命怪猫们"写的求生书，是我们想后天命大、苟延残喘、过了72小时黄金救援时间还死不了，终究能等到救援的生还者必读的长寿宝典。

不过，我想这些作者们现在一定忙着写第三部"专防恐怖分子版"的*HOW TO SURVIVE*：怎样辨识并有效处理有炭疽粉末的信、怎样从类似911世贸着火的高楼现场逃生、如何机智处理劫机危机……天无绝人之路，与其等所有恐怖分子弃械投降、等疫苗，还不如买个防毒面具，在家先把这两本书精读
再说吧！

HOW TO TREAT A LEG FRACTURE

Most leg injuries are only sprains, but the treatment for both sprains and fractures is the same.

1 If skin is broken, do not touch or put anything on the wound.
You must avoid infection. If the wound is bleeding severely, try to stop the flow of blood by applying steady pressure to the affected area with sterile bandages or clean clothes.

2 Do not move the injured leg—you need to splint the wound to stabilize the injured area.

3 Find two stiff objects of the same length—wood, plastic, or folded cardboard—for the splints.

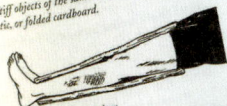

4 Put the splints above and below the injured area—under the leg (or on the side if moving the leg is too painful).

5 Tie the splints with string, rope, or belts—whatever is available.
Alternatively, use clothing torn into strips. Make sure the splint extends beyond the injured area.

6 Do not tie the splints too tightly; this may cut off circulation.

106. *chapter 4: emergencies*

Do not move the injured leg.

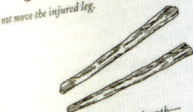

Find two stiff objects of the same length—wood, plastic, or folded cardboard.

Place the splints above and below the injured area.

Tie the splints with string, rope, or belts—whatever is available.

Do not tie the splints too tightly—you should be able to slip one finger under the rope, belt, or fabric.

107. *treating a leg fracture*

HOW TO SURVIVE
ISBN 0-8118-3131-0
ISBN 0-8118-2555-8

小人学

你这一生被哪些人陷害过？有算命曾经告诉你会犯小人吗？为什么流言总是往你身上射？为什么老在背黑锅？你是否因交友不慎，曾被好友或同事抹黑或出卖？（小心，秘密与钥匙不要交给你最信任的好友，以免你的床边故事上了八卦杂志的封面）命中的贵人如果没办法及时地为你挡开小人的恶箭中伤，除了传闻中戴尾戒、除脸斑等减低小人骚扰的撇步之外，你可能还得买一本《小人研究》的书，找出身边的私家侦探、奸臣、损友，彻底地提防小人。

这本是我在上海书城买的、由中国文联出版社出版的《小人研究》，据称是全中国第一部深入研究分析"小人"的专书，看到书上洋洋洒洒地举出历史上90例小人嘴脸，果然是小人当道到了泛滥的程度，真是让人看得义愤填膺、血脉贲张。余秋雨在《山居笔记》就提道："研究小人是为了看清小人，给他们定位，以免他们继续频频地骚扰我们的视线……争吵使他们加重，研究使他们失重……所谓伟大的时代，也就是大家都不把小人放在眼里的时代。"可见每个人一谈起"小人"，就恨得牙痒痒，但也真拿他们没办法，只能祈求有一天，"小人"会像恐龙那样，瞬间绝迹。

为什么小人总是得志？小人究竟有什么本领可以欺上瞒下、呼风唤雨、一

《小人研究》中国文联出版社
出版

路搏扶摇而直上？为什么我们就是不能得罪小人？得罪小人会有什么下场？

"小人"当然有其厉害之处。

这本《小人研究》，巨细靡遗地把小人的"长处"约分成七点：

1. 小人很执着，目标专一，忍耐力超强，不怕失败，为达目的，不择手段，不惜杀鸡取卵、众叛亲离、断尾求生。
2. 小人有非常灵活应变的判断力与适应力，保全自己，能屈能伸，见风使舵，墙头草两边倒。
3. 小人有很高竿的交际天分，很容易讨人欢心与信任，不过他只讨好对他有好处的当权势力。
4. 小人都有巧言令色、口蜜腹剑的好口才，耳根软的人就很容易被他骗得团团转。
5. 小人都有很好的伪装能力，常常假装自己淡泊名利，其实是要让别人对他不设防，他好谋权篡位。
6. 小人没有道德负担，手段之卑劣，没有什么肮脏事他不敢做的。
7. 小人善于依附势力，成党成群，打压异己。

很恐怖吧！说到这里，你有没有开始怀疑身边哪些人是小人呢？没关系，先不急，让我们继续了解小人的心理，弄清楚小人的心理在想什么，然后想想自己有没有什么地方招忌的，以免自己老成为"小人国"的头号公敌——在《小人研究》的书中就提道：

1. 小人对美好和成功的事物有天生的仇恨与对立，见不得人好，又非常会记仇，必置对方于死地，否则不轻易善罢甘休。
2. 小人在虐待别人时产生成就感，但小人的本质是胆小的，所以害过你一次之后，还要害你第二次、第三次，直到你丧失报复能力为止。

小人危险就危险在：你在明，他们在暗，很难辨识也很难看透。所以，好好熟读《小人研究》，比买一份好保险更重要！

爱

- 爱情暴君的情人手环 ● 爱情遗腹子的洋娃娃 ● 拟环球之旅的明信片
- 狮子女王的绝处逢生 ● 有剧情景深的情书纸

046-047 一个人带着思念去旅行，会有买下两个人未来的冲动。

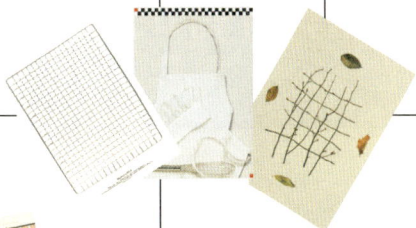

爱

爱情暴君的情人手环

我的太阳和火星都在狮子座：一旦爱上一个人，简直爱到世界起火，爱到眼前只有这个人才是人的那种疯狂，独裁而且专制极了。再加上我的水星在处女座，超洁癖的，洁癖到不屑用市面上写得肉麻又规格化的情人节卡片，洁癖到会为我俩订制：我和他专用的恋爱时辰表、爱情节庆单、两人宪法——嫌世界不洁、又没创意的现代女娲不再只是补天，我还要开天辟地演化我自认为轰轰烈烈的爱情星系。

我才不会像男友以前的那些旧情人那样，没创意又没文笔，东抄罗兰巴特，西抄普希金，再加几句徐志摩的诗来示爱——我自己就可以为他写一本爱情书了！更何况那些爱情大师都没有像我这么爱他，怎么可能写得比我好？于是，每到情人生日、感恩节、圣诞节、情人节的前一个月我就开始忙，忙着寻找独特的爱情容器，然后用掏心挖肺的文句填满它。

截至目前为止，我送过的礼物包括：
手写一本六万字的情书日记（哇！如果算稿费和版税，这礼物可是不便宜的），手写一整张情诗床单，用毛笔写思念在九只白色的马克杯上（以后他的情人就算送他九十九朵玫瑰也不可能摆得比我久吧）……让我想起来小时候最想要的礼物，就是一沓空白的图画纸及六十四色粉蜡笔，因为我可以画完一整个暑假的彩色童年；最想要乐高玩具，因为四岁的我可以盖出有自己产权、家大业大的城堡宫殿——我的创造力可以为爱创世纪，就怕对象不是万能的造物主，而是少一根肋骨的笨亚当。

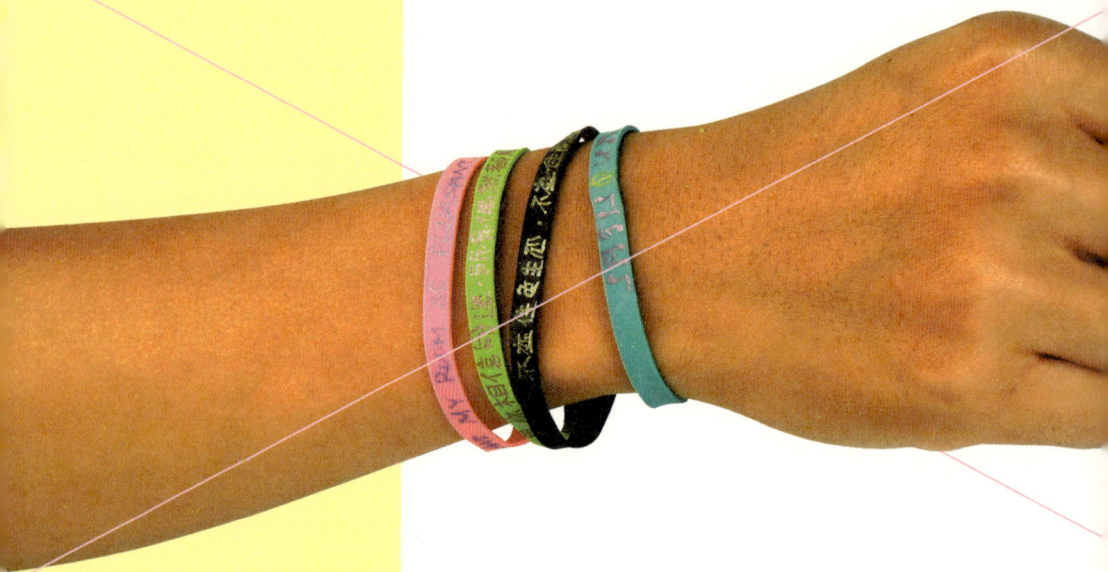

没有什么名表、首饰，比我亲手写作的礼物更值钱了！将来分手，如果天妒英才、红颜薄命的我早逝之后，这些爱情遗物应该够值钱，可以让那些我曾经爱过、然后逐渐凋零落魄的旧情人们从此衣食无虞——让他们同时领有情书版税，爱情赡养费，兼领失恋保险理赔金，至少他们会因我的爱情经济效益不死，而记得我一辈子。

我在纽约一家儿童玩具店找到这个东西：Gelly band / bracelet kit——七种颜色的橡皮手环，并配有天晴蓝、月光黄、紫粉红三种荧光色的笔，供我在手环上作曲、涂鸦、写字——不仅可以写我独一无二的情歌、情诗、情画、六字真言咒语……让他挂在手上保佑着、感应着，还可以夜光展示我晚上不灭的爱情宣言。

因为手环有七种颜色，他可以自由搭配今天开会的白衬衫、明天打球的红夹克、后天潜泳的蓝泳裤，也可以把我恩赐给他的各色宠爱同时带上手并招摇过市！但如果他胆敢说错话，或是做错事，赏罚分明的我也会要求他自请处分，把忏悔写成好几条"刑罚手环"，比方：我以后绝不再迟到，我罚自己每天专心想你十小时……让他戴在手上、走在路上像手铐那样公然游街示众（还可以加装高科技雷达追踪器），等到我气消，直到我原谅，除非刑期届满，否则也得等我特赦他后才能拿下来——我已经很仁慈了，只规定他每天戴手环，至少我没叫他去黥面刺青！

我的广告文案有效，但我的情书老是失败，爱情暴君也常常沦落成爱情弃妇，所以要使用这份独裁者专用的情人手环前，请三思！

爱

爱情遗腹子的洋娃娃

这几天搬家，简直是灾难。整整四大货柜的书与家具，十个搬家猛男从雄壮威武搬成了狼狈萎靡。等到这几天各对象在新家开始归位，才发现自己居然有着十多个洋娃娃。

我生平第一个洋娃娃是爷爷送的，在三十多年前要买一个会眨眼的娃娃，是一件多么不容易的事，爷爷可是用一个月的薪水买了它，成为我出生后第一眼看到会动的东西——这让我想起了《爱在大脑深处》书中提道的：据奥地利诺贝尔医学奖得主康拉德·劳伦兹的研究发现，小鸭只要在出生初期看到会动的东西，就会加以追随，不论这东西多么不像母亲，这就是"铭记"作用（imprinting），原来这就是我日后开始迷恋洋娃娃的原因。

小时候只要觉得自己的洋娃娃比同学少，就很现实地觉得家人不爱我。等我长大，就开始从男友的身上去索求：我的灰色母子无尾熊，是做房地产的男友到澳洲旅行时买给我的；毛茸茸的小母狮，是在硅谷工作的男友到美国环球影城买给我的狮子座生日礼物；大只Hello Kitty，是初恋男友骑摩托车在公

馆桥下，被我吵到不得不买给我封嘴用的。我还有长颈鹿、ET外星宝宝、加州小雪人、灰海豚、扫把女巫、小熊维尼、四贱客、飞天小女警、彼得兔、史奴比……（篇幅有限，族繁不及备载），每只后面都曾有过男主人，都曾有过一段刻骨铭心的爱情故事。

我不想要和他们有小孩，但想要一个来自于他们荷包的"各种生物"，像摩梭人的母系社会，我要有一堆从我姓的大小孩子。无论我搬到哪，我的旧男友们不可能知道我的新住处，就像他们无缘看到我的新睡衣一样；但这些大大小小的娃娃，都会死忠地跟着我到新住处过新生活，我成了收集娃娃癖的单亲妈妈——如果你与我交往一阵子后，听到我温柔地向你要一个洋娃娃，那表示我已经准备要跟你分手了。

有人说，10年不是很长，人一生有很多个10年，但如果刚好是18到28岁，那就代表一辈子了。所以我整个18到28岁，这段青

春一辈子所累积的十多件"爱情战利品"（你也可以说它们是爱情遗腹子），现在洋洋洒洒地一字排开，坐满了我十人座的大沙发，我自己反而无容身之处——但我已经很仁慈了，我收集的是历任男友的娃娃，而不是珠宝、车子、钻戒、房子，我还算是很有人性的。

除了是爱人送的洋娃娃之外，我每到一个国家，也会买个当地血统的娃娃回来——这其实一直是我的梦想：每旅行到一个国家，就怀一个有当地血统的孩子，直到我怀足了全世界五大洲、十二个国家的孩子，将来我就可以在旅费用罄的老年，选最适合的季节，轮流到这些孩子的生父国，让他们轮流照料我，陪我看看眼中最后的世界——比方：在四月飞去看看日本的孩子，然后享受有樱花有温泉的春天；五月飞去希腊看看住在圣特里尼岛上的孩子，享受无尽的蓝海蓝天、白墙蓝顶教堂的钟声、爱情海的夕阳与夜酒吧；六月飞去西班牙看看住在巴塞罗那的孩子，我很想念西班牙丰盛的海鲜饭、激情的佛朗明哥舞、阿莫多瓦电影里的斗牛……然后看看高第的圣家堂盖到哪里了；七月飞去北欧看看住在格陵兰、有爱斯基摩血统的孩子，我很想念坐在船上穿梭在巨型蓝色浮冰之间、近距离欣赏北极圈融冰的那种超现实梦幻，那真是上帝最美的一次作品个展；八月飞去看看在帛琉的孩子，以及深海一群群美丽炫彩的鱼；九月飞去埃及看看我那法老

王后裔的孩子，我还想重温在尼罗河船上的恋情回忆；十月飞去加拿大，看看孩子、枫叶、北极熊和极光；十一月飞去南美看看在阿根廷的孩子，我很想念王家卫电影里每一处颓废的街景；十二月飞去和澳洲的孩子过温暖的圣诞节，然后在港边看烟火倒数新年；一月飞去北非看看住在摩洛哥的孩子；二月飞去意大利看看住在威尼斯的孩子，我还要再看一次嘉年华会上各形各色华丽的面具，然后坐上贡多拉船重游大运河两旁湿败的宫殿建筑；三月飞去印度看看已在庙里出家的孩子，我想听他讲经，并请他随时帮我准备死亡。

以上当然都是天方夜谭，我旅行累都快累死了，哪还有那个体力在12个国家连续怀胎12次？而且我也没有财力领养各国的孩子，所以我想到一个既不伤体力、财力，又可以达到精神满足的做法，就是我每到一个国家，就买一个当地的洋娃娃回国——目前我的客厅很吵，变成了联合国的育儿园：瑞典的毛袜麋鹿，美国加州海洋公园的乳白色海豹，日本京都的和服娃娃，摩洛哥的骆驼娃娃……买娃娃几乎是我每到一个地方必定会做的采购，所以我总是单身出国，成双回来。再加上之前的爱情遗腹子，我的娃娃已经多到快要开一间私人幼儿园了。

我已经可以想象，等我老到像电影《泰坦尼克号》片尾老奶奶的年纪时，我会跟孩子们指着一群已年过半百的猫、狮、狗、鹿、兔、熊……开始絮絮叨叨地说着，我从童年到老年的恋爱史和旅行史！

虚拟环球之旅的明信片

以一百张明信片，把最美的世界寄给你。

旅行的时候，除了死命地拍照，一如我可能不会再旧地重游般地锲而不舍之外，我还很喜欢买明信片。

明信片除了寄给好朋友作为炫耀之用，并刺激他们出国之外（还记得电影《埃米莉的异想世界》吗？埃米莉为了让她爸爸走出家门去旅行，偷偷把他花园里的小矮人托给她的空姐朋友，带到世界各地去拍"到此一游"的照片给他——我也是每去一个国家，就寄当地最美的风景明信片给这些：被俗事缠身、永远有借口无法起身去旅行的好友们，直到有一天他们真的拿了行李箱去旅行为止），我也买了很多明信片给自己——天有不测风云，路有旦夕祸福，并非每次旅行都会遇到想看的最美风景、最好的天候、最美的光线……因为在很多时候，下大雨、起浓雾、交通中断、门票售罄、建筑整修、本日公休……令人引恨的事总难避免，除了安慰自己，下次有机会再来看之外，买明信片就是狂拍照片的我，另一种补救措施。

艾伦·狄波顿在《旅行的艺术》里，提到小说A Rebours中的主角德埃圣公爵："他想象荷兰就像是提聂尔、史提、林布兰的画作，他期待在荷兰见到庄严的简洁、疯狂的欢乐、静谧的小红砖庭院，以及倒牛奶的白皙女仆。他真的动身前往哈伦和阿姆斯特丹，结果大失所望，并不是画作说谎，但这些珍宝都混杂在一大堆乏味的日常影像当中……亲自走一趟荷兰，那些美丽的印象反而变得模糊，不如找个午后徜徉在罗浮宫的荷兰馆，只消到这几间陈列室走走，就可以把荷兰之美一网打尽。"

我虽然对上面这段描述感到莞尔，不过我还是觉得亲自去旅行是必要的，在家看Discovery和国家地理频道是必要的，看旅行书是必要的，买明信片也是必要的……我可以在出发前，以纪录片的影像与想象先神游一次，然后等真正旅行回来后，再与真实的体验、照片、明信片结合，成为我在这个国家旅行的独特内存。

因为来自各国的明信片已经堆积如山，为了把各国奇景汇整好，以分享给不能去旅行的爱人，所以计划出一本明信片情书，给那个老是有一堆借口不能陪我去旅行的男友，书中将借着明信片，带着他从北极走到吴哥窟、从希腊走到布达佩斯……挪威夏天北极圈里的太阳是不下山，明信片上正是一格格时间里，太阳环场绕一圈接近地平线然后弹升的奇景；明信片里满天华彩的极光和胖胖的北极熊，是我两次去北欧都没看到的；明信片里挪威的冬天冰雪覆盖、一如被众人分食破碎的雪藏蛋糕般的峡湾，这是我不必受寒受冻就可以看到的壮观；还有明信片中的格陵兰气势磅礴、得玩命才可能取到最大角度的浮冰；以及一列老得很古典的瑞典火车，热闹的摩洛哥香料市场，眼神深邃但衣着邋遢的西藏小孩，爱琴海边悬崖顶上的希腊教堂，布拉格的小巷，布达佩斯的夜景，西班牙毕尔包美术馆的黄昏，吴哥窟的日出……一个人带着思念去旅行，总会有写下两个人未来的冲动，所以等我写齐了100张明信片给他，这些有邮戳、有日期、有旅行气味的明信片就可以合成一本很贵的明信片情书（每张明信片都包括机票、旅费、邮资……），然后这本书的版税就留给我那懒懒的情人，让他可以无后顾之忧地离职，开始去旅行（他不能再用没有钱当借口了），但他也必须到当地买明信片以回报我，如果我刚好有计划可以跟他一块去，我们还是可以共买明信片，作为我们的共同旅情书。

狮子女王的绝处逢生

最近和几个同是狮子座的女生结成一党派，"女狮王俱乐部"成了我们白天战斗后，晚上互相取暖的窝——我们都是那种外表看起来凶猛吓人，但内心却脆薄得不得了的弱女子，猫科狮子座一旦受起伤来，就像是瑞士那只中了箭、神情哀凄的狮雕像，一时半刻很难起身，尤其是感情的伤最致命，没有爱情，就像淋了雨又掉了鬃毛的狮子，大概会躲起来自痛自怜个好几天岁月。然后才能神情坚强地出现在群众面前，但仍难掩丝微的落寞在脸上，王菲、麦当娜、阿妹、张小燕……都是曾经受过伤的女狮实例。

你们可别以为，这么多只女狮同在一起时会很咆哮吵人的，其实不然，我们聚在一起时武装就解除了，互相尊称对方张娘娘、林格格……你会看到

AUGUSTI. II. ET. III. SEPTEMBRIS. MDCCXCII
SUNT. NOMINA. EORUM. QUI. NE. SACRAMENTI. FIDEM. FALLERENT
...TES. CECIDERUNT.   SOLERTI. AMICORUM. CURA. CLADI. SUPERFUERUNT

我们难得的笑容，很安心安全的那种——因为我们知道，我们的爪子与利齿，只会拿来对付那些想伤害我们的猎人敌人，或是我们非到手不可、否则难以维生的猎物，除此之外，我们不会自相残杀。其实真实世界中，狮子也不大会主动攻击别人，它只捕猎它需要的。

我们这群女狮还互相揶揄，狮子在动物园里应该被划分到可爱动物区，因为很多时候，狮子撒起娇来，甚至比猫还温驯。我们不仅不会龇牙咧嘴、互相伤害，甚至还会互相打气、互相疼惜，就像母狮舔着小狮的毛一般，令人温暖。我们之中若有谁受了伤，你可以想象吗？身边一群愤怒的母狮，会为这只可怜女狮打抱不平，齐声吼啸的盛况，真可谓惊天地而泣鬼神——如果那个当初伤

苦她的人在现场，一定会惨遭被撕咬得四分五裂、不得全尸的下场。

我前几天刚好转到Discovery频道介绍母狮，影片中拍到几只母狮还会结盟，当一只母狮过河去找猎物时，另一只母狮就会帮忙照顾她的幼狮（公狮早就不知道跑到哪里去了），让我觉得母狮们的情谊真是动人，我因此有想成立母狮互持养老中心的念头。

E X AUGUSTI. II ET III SEPTEMBRIS MDCCXCII

AEC SUNT NOMINA EORUM QUI NE SACRAMENTI FIDEM FALLEREN
GNANTES CECIDERUNT.   SOLERTI AMICORUM CURA CLADI SUPERFUERUNT

DUCES XXVI.   DUCES XXVI
ANN. REDING. ERLACH. SALIS-ZIZERS.   H. SALIS-ZIZERS. DURLER   PEYRER-ALTISHOFEN
ILL ZIMMERMANN. WILD. CASTELBERG.   E. ZIMMERMANN. REPOND.   I. ZIMMERMANN.
LLARDOZ. ERNEST. FORESTIER.   DELUZE. A. ZIMMERMANN.   GLUTZ. GIBELIN.
WALTNER. J.   J. MAILLARDOZ. VILLE.   CONSTANT-REBECQUE.
N ORGEMONT. CAPREZ. ALLEMANN.   LACORBIERE.   FORESTIER. LORETAN.
ICHTER.

S CIRCITER DCCLX.   MILITES CIRCITER CCCI

Discovery里还有一幕很有趣的画面，我在这次的女狮聚会（就约在新疆风味的餐厅里，直接烤吃已经切好的羊肉，免得我们还要费神去捕猎）中还提出来，大家认真地讨论一番：狮子很怕被骚烦，影片中有一只很皮的野狗，一直觊觎女狮嘴下已经不成兽形的猎肉，不停地吵烦她，她多次怒吼无效，疲惫地已经不胜其扰，所以干脆把部分的领地及猎物奉送给了那只野狗，免得再来烦她——这让我们这几只女狮很有同感，如果有人不停地来骚烦，想要我们的领地、权力，甚至是爱人，我们如果没法与狡诈机灵、在暗突袭的敌手正面交锋，疲于奔命的我们为了不发狂，通常会选择投降，宁可无条件割让，以求得自尊与骄傲片刻的安宁——狮子是真的很怕被烦，所以才有算命先生曾经告诉另一位女狮，如果有谁想要追她，只要不怕被她吼，使出死缠烂打的招数，最后她就会投降，疲累地干脆躺下来让你光明正大地爱好了，只要不再烦她就行了。

我还记得Discovery里，一只已经饿成皮包骨的狮子，在偌大无物的荒原里，仍然坚毅地求生——很庆幸自己是狮子座的，这个星座给了我很大的能量，尤其是绝处逢生的能力，让我越挫越勇。于是我在纽约买了舞台剧《狮子王》的周边商品：一条展现雄伟狮容的大浴巾，虽然是公狮，但我仍将它挂在书房的一面墙上当家徽，就在我计算机旁边，24小时加持我独自写作的力量不死！

著名舞台剧《狮子王》的超大浴巾

爱

有剧情景深的情书纸

我很喜欢买信纸。

虽然老早已经习惯用e-mail，但到
了文具精品店，就很难抗拒这一
沓沓美而有场景的信纸，总觉得
如此有味道的纸应该先买回家，
有朝一日等我练好书法、等我遇
到一个深爱的情人、等到我想
好了绝美的山盟海誓、等我要
写什么很重要必须传世的话语
时，我就应该用得着。

e—mail，不管在hinet或是
gmail上都已是固定规格，
我们收发私人信件，写着思
念或是情感，却用着像写
公文般的网络信件格式。
如果我们打开《近代恋爱

物语50》一书，里面都是作家、艺人、政界人士等之私人书信，我们可以从有历史感的纸里感受时间，从飞乱的字迹中揣测写信者的情绪，从涂改的痕迹里看出他/她的挣扎与犹豫……但我们现在已经无法从电子邮件中保留写信者的独特字迹（我们的手签名只用在VISA卡的签单上），当我们的私人信件失去了人味，我们的字失去了情绪，我们的纸不再有场合景深之别时，在快餐爱情与一夜情的时代，我们还能传递多少真实恒久的情感呢？

我到日本，最喜爱到他们的文具用品店，买各式各样的信纸，因为不管是古典的，还是有设计感的信纸，在没有任何文字写在上面之前，纸张本身就有情绪了。假若我们还可以选择由艺术家、

平凡出版社／别册太阳《近代恋爱物语50》

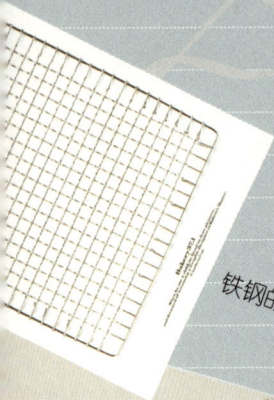

画家、设计师所设计的电子邮件的信纸，而这些信纸，可能就是：一卷斑驳的竹简来写分手信的凄凉；一卷樱花铺底的布匹来写初恋的喜悦；佛经连页的形式来写绵绵不绝的思念；单页藏经形式的信纸可以写短诗句，读的人可以随意抽读；山水画卷轴形式的信纸可以连续图文并茂，不必担心被固定的页面打断；扇面形式的信纸让手写手绘有着波纹般的质感，送信时是一把已折叠好、看不到内容的扇子，当收信者一拉开扇面，内容就映入眼帘，而且还有正反面；春联形式的信纸取代制式摆在电子信下方的签名文件，在我们信的左右联有"注意事项"或是"重要文句"，横批则是信的主旨……从此，我们私人书信往来就有了特别的格式惊喜。

铁钢的信纸

大厨架势的信纸

花草干枝的信纸

源氏物语场景的信纸

如果将来手写系统辨识率更高，我们在这些特殊信纸上手写、手绘后，再以最快的速度用计算机传输，瞬间传到对方的手中，而这些也将是很有文化分析意义的书信文本，它仍保有书写者的个性，可以透过科技无限复制、广泛流传——电子邮件有了古典的形式，我们在网络上频繁地收信，却多了美的格式与变化。

如果我们将目前电子邮件无趣的规格习以为常，久了，我们真的会忘了早初书信的美学意义。

所以，这些有着铁网的信纸、有着源氏物语场景的信纸、有着蔬果花草干枝的信纸、有着大厨架势的信纸、有着情定大饭店氛围的信纸……就成了我永远的收藏，目前还舍不得写。有字也好，无字也罢，有剧情景深的情书纸总让人心起文字欲，永远觉得纸短情长。

身

● 身体的项链图腾 ● 考究情欲的上海性博物馆
●SM 嗜好者用来享乐的地狱浮屠 ● 前世善战者需要的坚强武装

O7O—O7I 眼耳鼻舌身意，所有感官都在激动。

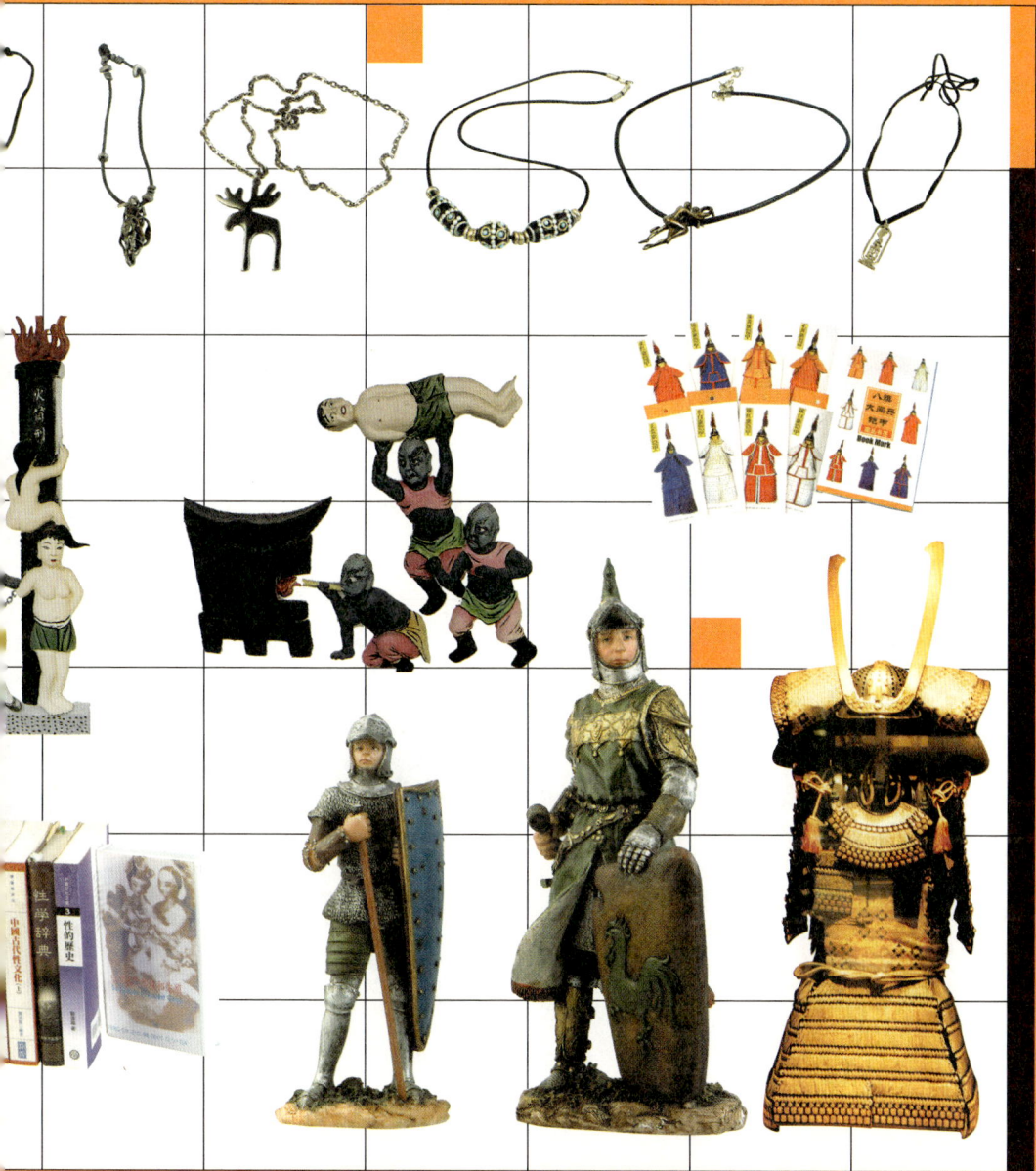

身体的项链图腾

我没有穿耳洞，是因为怕下辈子还要做女人。我没有戴戒指、手环，因为做事写字会不方便。我更没有戴脚链的习惯，因为脚踝处老是冰冷，我不想让自己走起路来有像是重刑犯赴死的感觉。我身上唯一容许可以佩戴的异物，就是项链。

或许是深受电影《英伦情人》的影响，对于男主角以吻迷恋女主角项链下方、锁骨上凹颈窝处的那一幕念念不忘，所以我觉得项链很性感，又不妨碍行动坐卧。于是，从旅行各国买回各式各样奇特的项链，就成了我的嗜好之一。

我反而不轻易接受任何人给我的项链，因为目前我的身体主权仍归我自己所有，尚未被割让，倘若我接受任何人的项链，就表示我的身体已同意被圈成归他管辖的租借区，事关重大，非同小可。

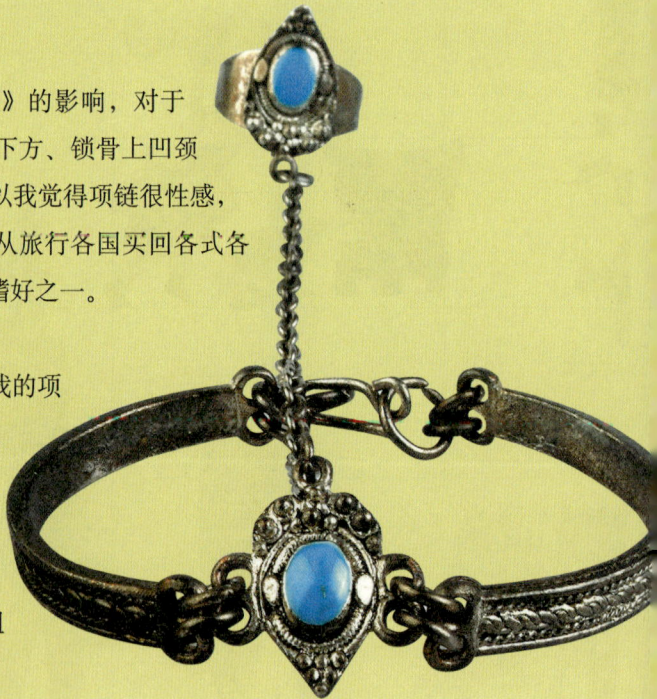

摊开我的项链盒，简直就是我的身体旅行史：在日本核爆纪念公园买的、以炮弹所熔铸的变形镂空项链，戴起来很有战后和平的颓废感；在威尼斯买的、只有指头大小般的迷你白色面具项链，戴起来就像是召唤歌剧魅影里的幽灵爱人，被爱得很诡异；在波兰KRAKOW买的、里面漂浮着蚊虫与花瓣的琥珀项链，戴起来有着考古学家的美感；在西藏买的金刚杵项链、迷你纯银法轮项链（还真的可以转动喔）、六字真言项链……戴起来就是一脸法相庄严，遁入空门，六根清净；在北欧买的银色麋鹿项链，正好配我在美国买的绿色麋鹿毛衣，穿戴起来很有温暖节庆的感觉，整个身体就像是活的圣诞树；在布拉格卡夫卡小巷里买的、手工打造船夫划独木舟、舟身镶有小小蓝宝石的铜锻项链，戴起来很有流浪艺术家的气质；在布达佩斯买的四方体香料瓶项链，因为针型铁盖不甚牢固，所以里面什么也不装，只带点匈牙利野蛮的气息回来；在美国波士顿一家女巫专卖店里买的、一条以银边镶着透明放大镜的项链，我戴在身上走在阳光下，与我同行的人都很担心，胸口会不会因聚光作用而烧起来波及无辜路人；在西班牙Malloca岛上买的、一条刻镂着几何图腾的项链，很有空间感，戴着就能让我以建筑师的品位自居；在法国每个观光客都会"到此一游"买的巴黎铁塔项链；在美国加州买的、小玻璃试管里有六小截彩色蜡笔项链，穿什么颜色的衣服都可以搭配；在泰国买的珠串项链，特别的是，其中一个串饰是一截惟妙惟肖的食指骨，戴起来难免有一股肃杀之气，有站立退敌、驱邪避凶的效果。

戴着这些有故事、有国籍的项链，就像是轮流佩戴着各国的文化图腾，我洁癖而禁欲的身体，从此有着与异文化杂交混血的快感，这恐怕会让戴惯金银珠宝的贵妇人，觉得我未免太刘姥姥了，这些看起来又不值多少钱，干吗如此大惊小怪、小题大做呢？

身

考究情欲的上海性博物馆

这个博物馆最初是在*Mook*杂志上看到的，但说得不是十分详细，所以就去看个究竟（我可是先把我妈支开，请她到隔壁的百货公司逛逛，一小时后见！我就是利用这一小时完成：协商采访、全馆参观、拍照，与馆方人员简单访谈，买了12公斤重、定价人民币1880元的《中国性史图鉴》及录像带，杀价、凑现金，把书包装好，免得被母亲大人说我不三不四……），不过终于见识到，性的学问还真"可观"！

中国古代性文化展览馆——这是一个名为刘达临教授所企划的性主题博物馆。曾做过军事教官、射手、跳伞空降兵、乒乓球教练、杂志编辑的他，自1993年以来，长期研究中国的性医学、性心理学、性风俗、性社会学、性文艺、性文化，出版了70万字的《中国古代性文化》论文集（不知道那些把书看完的人，是越看越兴奋，还是越看越冷感）；再加上他从中国及世界各地搜集了九百多件性文物、拍摄相关的"性学术"录像带，他不舍得一人独享这么丰富的性资产，所以就开了这间号称"五千年来第一展"的性博物馆，与大家一起众乐乐。博物馆一进去，映入眼帘的就是与"性"相关的书籍、图片展示，并在大厅播放"中国古代的性和生殖"录像带，以"严谨的学术"角度，侃侃而谈我们的祖先怎么

做那档事，其间经过多少演化、制度改革，才有今天如此自由奔放之类的探索。

这卷录像带在博物馆的"后庭"销售部有卖，想要看到这么正经八百的录像带，可能得再花点工夫。

然后呢，付了门票，你就可以正大光明地亲眼细睹令你脸红心跳的图像和实物：第一位房中术专家"黄帝"御千二百女成仙传说。公元前4000年浙江绍兴的"石男根"。公元8～11世纪的云南剑川石钟寺"女阴水洞"。汉代象征兄妹婚的"伏羲女娲交尾图"、"四乳镜"。汉代中山靖王用的"多头的铜制性道具"。汉唐时期记载交合三十法的"洞玄子"（三十式的名字都很美：翡翠交、鸳鸯合、空翻蝶、海鸥飞、野马跃、马摇啼、玄蝉附、猫鼠同穴、山羊对树……好像是在动物园里写的）。由男根演变而来的明代"如意"、雪白镶红"女阴酒杯"。清代保佑家宅平安的"护书"及"避火图"（其实里面都是春宫画）、铁制贞操带、明清的贞节牌坊、清代的"妓女专用货币"、"性口诀"的康熙手抄本、"性交专用椅""太监与宫女做假夫妻用的性玩具""男同志春宫图""女蚌妖精"雕刻、密宗的欢喜佛像，还有"小孩不知为何父亲要压在母亲身上所以把他拉开"的爆笑瓷雕、可怜的缠足凳。1929年国民党时期在汉口市做的"妓女人口分析图"。连台湾排湾族人供奉的"屌神"也在教授的研究范围。

然后你会恍然大悟：原来古时候陶瓷罐上的鸟头，是用来象征男生的"那话儿"；罐上连体的双鱼像，是含蓄隐喻"女阴"的图腾（双鱼座的男生不知会作何感想？）；青蛙代表"繁殖"；蛇和葫芦都是雄性的象征……古人的意淫真是

曲折得可以了！可是有些春宫画却大刺刺地绘出杂交、野合、人兽交、马匹上行乐、性虐待、偷窥、恋童……大胆"画"题，以及一座"风流和尚破戒做爱"的瓷雕，也还稍稍庆幸以前的人，没自闭到错过这些性冒险。再加上全馆最后一个主题区：异常性行为（他们居然把同性恋归到这……）及馆后方销售部有售的欧洲"性"食器、壮阳药、书籍、论文、图鉴、录像带……真是处处"性"致勃勃，一小时都嫌短的"性"大观园。

这个以前由乒乓球馆改建、曾在1995年3月到台湾展出的性博物馆，是刘教授缩衣节食、努力抢救被道德"扫黄"下幸存的性文物集结。刘教授说，他研究"性"可是研究得堂堂正正，没有"癖"但不否认有"瘾"。馆中有一幅名正言顺的对联宣言："万般风流写青史，谁人不重云雨情。"但这博物馆一度因经费不足濒临倒闭（参观人数一天至少要 100人才能打平），后来搬出上海南京路转往武定路，入不敷出的情况还是没有改善。经大陆的媒体报道之后，参观的人才开始变多，让这个号称大陆第一家性博物馆顺利渡过难关，甚至在杭州、桐庐等地都开设了分馆。如果你想到这间博物馆开开眼"戒"，不宜带年迈或心脏不好的父母、未成年子女、不想进一步交往的男女朋友……自己一个人逛也很好！

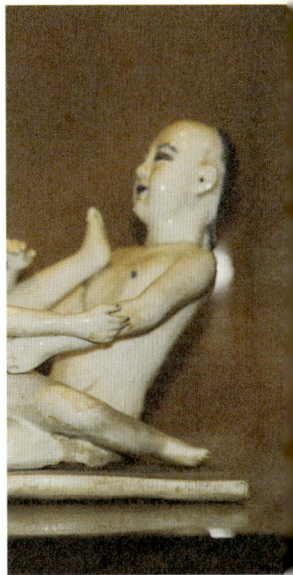

SM 嗜好者用来享乐的
地狱浮屠

我有一个男同志好友，我一直视他为我的"干妹妹"，只要和他约去看电影，我们就会在沿路每家店试擦保养品，顺便听他骂骂那些国际炮友们，因为那是每晚焚香诵金刚经、练气功瑜伽的我，这辈子无福享有的人生经验。

这让我想起，几年前我去的香港胡文虎公园，我看到地狱，他却看到天堂的差别。

先说一下胡文虎公园的背景吧，它是由虎标万金油的创办人胡文虎于1953年斥资兴建、沿山而建的公园，一般观光手册显少介绍，我是在Taschen出版的*Fantasy Worlds*书上，看到一个个巨大而魔幻的彩色雕刻，一时意乱神迷了起来；后来因为刚好有机会到香港，就决定非去看看不可。

整个公园都是日本观光客，只有我一个中国女生跑上跑下，可能是中国人自己看这些已经见怪不怪了，所以对胡文虎公

园的兴趣不及海洋公园。我经过了很多位巨大神明、穿过了很多奇幻洞穴，到了全公园的最上层，却意外发现，哇！一整排的地狱浮雕，真是壮观。有趣的是，这些本来应该在地下深渊的黑暗景象，居然被放置在公园的最高处，而且还是彩色的，肢体辱痛得很集体，精神残酷得很华丽，真是令人赞叹的极限艺术：伤天害理者要被打手心、讲大话骗人者要被割舌、拐卖人口谋骗少女为娼者会被送上钉床、生前杀人放火者要被狗咬死、犯奸淫罪者要受万刀剐、跳楼吃安眠药自杀的要被带到枉死城永不超生……罪很清楚，罚得也振振有词，真是牛神鬼怪都有，虐与被虐刑具齐全。

好玩的是，这些浮雕上，施刑者各个老神在在，努力工作不懈，好像在累积业

胡文虎公园：从地铁铜锣湾站 E 出口，
坐出租车只要几分钟；或是在中环 7 号
码头外坐 11 线巴士。

绩似的，看不太到残忍的面容；而那些正在水深火热、上刀山下油锅的受刑人，看起来不但不痛苦，而且还有点欣然接受的表情，难怪我把这些照片分段拍回来给干妹看，他居然难掩兴奋之情，这些图对于已经参加过各国疯狂性派对的他而言，真是一个个够鲜活的SM情节。心邪的人不但看不到警示，居然还会看出莫名的快感——对我、对当时筹划雕刻的人来说，这些图无疑是地狱，但对SM嗜好者而言，张张都是可以用来刺激感官、意淫痛觉的享乐浮屠。

我想到北京紫禁城外有一间中国酷刑展示馆，里面真真实实地摆出了清朝十大酷刑的刑具，小小一间里面可是充满腾腾的肃杀之气，令人不寒而栗，可惜那里不准拍照（我想偷塞红包也不行……），要不然，我干妹又会兴奋一次的。

082-083

前世善战者需要的坚强武器

我也不知道为什么，从很小的时候开始，我总是喜欢刀剑胜过洋娃娃。玩乐高积木时，总是兴建一座座用来抵御外敌的城堡，组织军队，摆好阵式，而不是盖国王皇后奢华梦的皇宫。

我似乎从小就已经准备好随时出兵打仗。

后来长大，我就转而迷看武打片、战争片、军警片，比方我百看不厌的《魔鬼女大兵》《神鬼战士》《圣女贞德》，以及最近的《末代武士》……我喜欢那种领军千万、机智阵仗、身体战斗、灵魂近距离肉搏的感觉，很真实、痛而惊险地活着。我记得自己青春期血气方刚时，有一阵子很想去考军校，把合理的要求当锻炼，不合理的命令当磨炼，以身体的汗与泪水洗透出灵魂的质地——女人一向败在爱情和健康这两件事上，所以我想全副武装地抵御爱情的外侮，坚毅地护爱着自己。

我还向朋友们抱怨，为什么女生不必服兵役。

也因为如此，我不仅开始买起军大衣、军靴、迷彩装……在参观博物馆时一看到兵器。比方我在紫禁城外买的一整组迷你刀剑兵器、整套清八旗战袍书签，现在在我的客厅里摆出吓人的阵式，以盛大的军容军礼迎宾。还有几个月前我在瑞典买的、俊帅英勇的铁甲战士，现在英姿焕发地在我的书桌前24小时站岗，纹风不动，让我能安心专注地埋首书写，并在我情绪低潮沮丧、精神疲惫溃败之际，只要我一仰望他的

神情，他就能随时燃激起我的战斗欲，重整灵魂的
装备，再次迎战。

我还在北欧买了一个很可爱、拿着矛与盾的北海小英
雄，当自己为理想奋战累了，就把他放在自己的手掌
心，把他的海洋能量下载进自体之中，勇气十足。所
以我的朋友说，我是一个越挫越勇、能绝地逢生的
人，如果把我丢到太平盛世，没有敌人、不再杀气腾
腾、开始松懈生命武力的我，就形同被废武功。

我曾去拜访一位修习藏密的师父，以及一位能以把脉
得知我前世的美国中医师，再加上去年曾问过一个通
灵的修行者，这三个人都不约而同地指出，我的前世
是打遍大江南北、经历无数战役不败的战士。但杀气
过重的我，这一世得还很多的命债、情债，不过当年
的战斗力至今仍未熄，以坚毅的生命力继续乐观地活
着。难怪我一直梦到战争，一直梦到失去与死亡，难
怪这辈子是狮子座的我一直有领导支配欲。但因为这
辈子没有自己的军队，所以拿来统御情人，以及自己
多面向的兴趣事业。

我的前世身份，居然在我旅行时自然显现——
shopping，真是一个找到自己原身份的好方法！

衣

如果可以出版衣服，我就不会出版书。

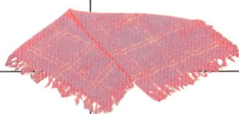

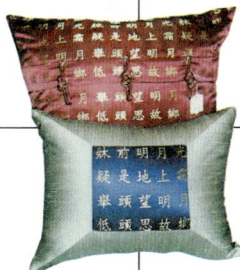

内衣的道德与非道德问题

身体的地图转向了。乳房不再为了哺乳。解剖师划开内衣找到女人。生殖器开始成立博物馆，并全面站上世界舞台。妓院与修道院对内衣同等需要，前者专为诱惑而存在，后者则是功能良好的禁忌贞操带。内衣是天堂也是地狱的钥匙，是基督的遮布也是亵衣，圣或淫全看你的心术正不正。

阿基米德在浴缸发现浮力，哥伦布发现新大陆，费德里哥·安达吉则在一个女病人身上发现高潮。如果说女人的身体24小时都在施展巫术，那么内衣就是致命的法器，脱得了一时，脱不了一辈子的原罪。

内衣和身体一样，都有价码。不美的胸部需要加工加料，魔术可以鬼斧神工，不必看天造化。越美的胸部越不需要繁复的布料，反而环保。如果身体是形下的原始，那么内衣就是有偷窥癖的文明，因为它需要计算弧线、曲度、比例、支撑力……身体千年以来同出一辙，内衣到现在还在进化。

内衣是身体的糖果包装，没有这层的调情与暗示，再美的身体少了拨云见日的仪式，也就少了精神性的勾引。电影《毕业生》（*The Graduate*）里，Anne Bancroft以一件豹纹花内衣勾引了Dustin Hoffman，也把60年代影迷勾得心荡神驰。

内衣是身体的态度，是前戏，也是道德法庭前最后一道防线。内衣的情色魅力来自款式——贴身，甚至光明正大地露出重点，让布料不再是遮羞布，一跃成为胸部的花边；两腿间的重点指标，就像是钻戒礼盒上的缎带，一件就画龙点睛。

内衣的情色魅力来自布与肌肤间的触感，丝加快手的移动速度，缎加级肉体的价值，绒替曲线抹上神秘幻变的景深，O娘式恋物的皮革与铁链，刑具齐备地公然玩起虐与被虐的游戏……女人享受让布与手一起爱抚的双重快感，男人则同时爱抚布与身体交热的潮汐；虽然内衣一旦在爱人面前曝光，就会马上遭到拔除的命运，但它永远是视觉上最瞬间的高潮，不在乎停留时间的长短，只要每次都发挥比春药更强的效力即可。

内衣的魅力来自压抑，女人受到布、皮、铁的交互禁锢越多，激起的欲望与欢乐也就越激烈；男人就像是虚拟的狱卒，可以替你自虐的灵魂赎身。一件让神父天人交战、倍感挣扎、理智就快要被解放在弹指之间的内衣，就是魔鬼手工做的内衣。

好的内衣不会让肉体因重力而变形，难看的内衣

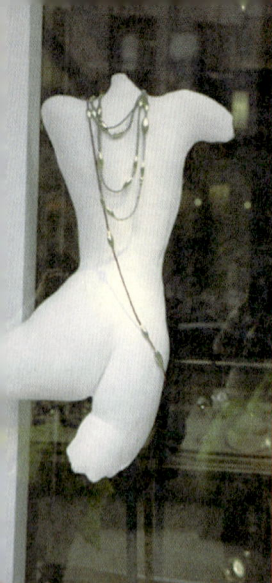

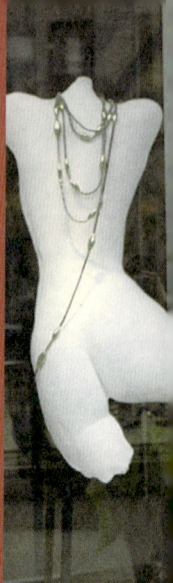

却会让一个有品位的男人倒尽胃口。好与坏的评断一直在改朝换代，你想要跟得上时代，就不要放下你手中的情色杂志，永远要对内衣的性史一清二楚。

自从夏娃的遮羞树叶开始人工量产，我们就离上帝更远了。内衣永远是撒旦想脱、天使想穿，所有的凡人想立即展现神迹的魔鬼裹衣。哲学家宣称，一件完美的内衣要做到感觉不到它的存在，才具有百分百的挑逗力。

如果你宣称已经占领了一个女人，请告诉我们她的内衣款式吧！

【内衣型录的九则广告文案】

1. 怪那条蛇，怪那永不腐烂的禁果，让人类的第一夫人夏娃背了这么大的罪，让伊甸园荒废成湿乐园。既然有罪，无可赦免，那我们还要穿着胸衣，继续妨碍我们的呼吸吗？

2. 胸部可以当球玩，但我们一定要先把游戏规则订清楚。
   一是：必须在紧身胸衣这个场域里，不能出界。
   二是：双方如果势均力敌，可以采拖延战术，加赛或找机会加罚以延迟高潮的来临。

3. 这是一件会摇舞步的内衣，金色爵士的节奏，加速你快感的驾到。助兴时，他想用什么部位打节拍，都不会有人有意见。

4. 用战时剩余物资做一件内衣，为了节约之故，一切从简。如果够性

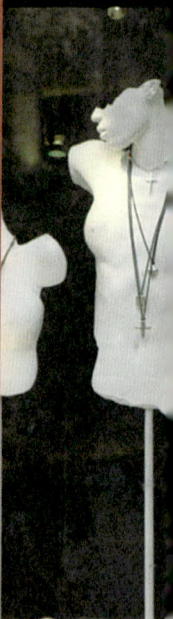

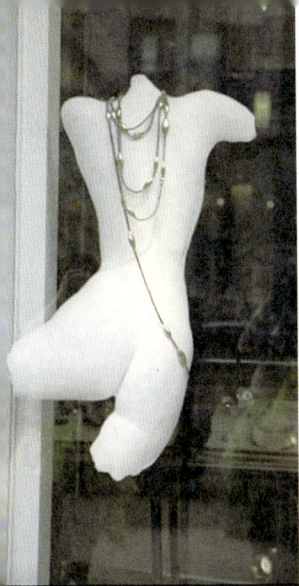

感，你将会在几秒钟内节节败退，兵败如山倒，他的征服欲会在烽火隆隆的战车上宣告胜利。

5. 向你展示天真是为了要配合你的洁癖，满足社会纯情的需要。以白色的内衣投降，最具有诱敌深入的效果。

6. 火不只烧在圣女贞德身上，也烧在辣妹面前的男人身上。火是惩罚、是解放、是媚惑、是痛，也是快感。据说新柴和新布可以延长燃烧的时间，增加垂死的痛苦。想烧死女巫吗？先烧了她的内衣再说吧！

7. 乔治男孩需要一件好胸衣，因为雌雄同体的身架需要更多的目光。麦当娜需要一件穿得出门的胸衣，因为她企图让身体成为全世界的信仰。

8. 欲望可以用罩杯盛载，渴望可以用尺来衡量，当我们越清楚性感的一分一毫，就越能准确地掌握高潮的数学方程式。这是一件经保险精算师精算过、已经保全险的豪华内衣，你可能买得起，但你恐怕负担不了它的高额保险费。

9. 我们不再需要靠内衣撑起自己的性征，但需要不停地展示性感。未来的恒温空间，让为爱暴露的身体不会着凉。一件装备齐全、附有核弹导航系统的金属盔甲内衣，24小时抵御着你身边越来越靠近的豺狼猛兽，连恐怖分子都不敢轻易地染指这块"性的庄严圣地"。

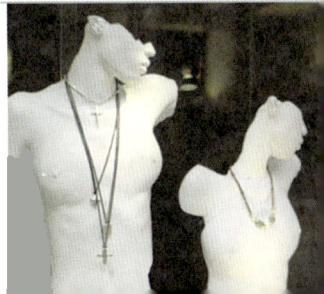

我想出版，我的衣柜

关于衣服，其实我只是个贫民。要不是因为要写百货商场的文案，必须把名牌当字典，把时尚当百科，把设计师的风格当成必学的职业术语，否则我压根不想知道三宅一生跟我的一生有什么关系。衣服保暖就好，更不在乎别人揣测我的打扮。因为太多时候，有人把我身上的GIORDANO黑衣错认成PRADA，把妈妈在菜市场买给我的细百褶长裙当ISSEY MIYAKE来赞美，

现在的人把名牌当成衡量别人价值的指针，我倒宁可一身无名衣，让别人用我来衡量我所穿的衣服。

很多时候，我都是在公交车上挑衣服的。比方我在236公交车上看到一个海底蓝连身裙的短发女孩，或是在285公交车上看到黑高领紧身裤装的女人，我就会过去问她：小姐，请问你这件衣服在哪买的。在街上看见一个有性情的人，穿一件有味道的衣服，会让我有想要和她穿一模一样的冲动，看时尚杂志则不会。我这种小丸子看别人都好的性格，还包括每次看电影、旅行时，比方我会对影片中神父的合身修士装极度想象；路易时代高战斗性的半筒袜马裤会分散我对剧情的注意；在日本shopping时和保守的售货员争买一件泷泽秀明式的高中男制服外套（他说他不卖给女生的）；在法国餐厅就直闯进厨房，问那有风格的大厨愿不愿意把他身上的工作服卖给我；在医院看病时，我盯着医师的白袍忘了病痛；到德国时，街上那些英挺的警察装让我根本不想逛街，只想跟他们进警察局，要一件来武装自己。

不知从什么时候开始，我就对有字的东西特别迷恋，尤其是中国字，已经到了字溺的地步；比方香港设计师Alan Chan的李白诗杯、中国老广告托盘、太极图式的上衫，以及在西班牙买的写了"出口伤人""狼吞虎咽""今朝醉"的成语桌巾，还有在米兰百货公司买的白底黑字心经床单……当我最爱的导演Peter Greenaway拍出了充满书法之美的"枕边书"，片中映着"昼""夜"两字的卧房，更是我未来最具象的居家梦境；正因为Peter Greenaway把皮肤当纸，在身上书写的美感令人痴迷，让我退而求其次，开始收购有中国字的衣服。前几年在香港买了两件，一件是Morgan的春装，上面以鲜艳的图文绘本方式呈现"是""不是""你好""对不起""不谢""再见"……这些平常说到麻木的客套话，在衣服上有了自己鲜活的视觉，看图就能开始对话一整天的故事。另一件是在广东市集买的港式饮茶T恤，上面的糯米鸡、奶黄包、虾饺……俨然是一个很实用的MENU，穿在身上感觉热腾腾的，还可以指着身上的菜对服务员点餐。

如果可以出版衣服，我就不会出版书。等我有朝一日学会达·芬奇的解剖学及
王羲之的书法，我期待有机会出版一整柜的衣服，一季一次，一件一篇，含剪
裁，图文并帽衣。买了我手写衣服的人，有一天下午她穿着上街，路过的人读
着却不必消费拥有，但同时看见了我写衣服的心思和买这件衣服的人的企图，
像传染病似的在街上由目击者蔓延一件衣服的主张，变成一场午后的示威游
行。我期待有一天，衣服只在文具店或书店卖，而且是单色空白的，像信纸、
像稿纸、像公文签呈的格式，供有创作欲的人在出门前重誊昨天的日记、重忆
昨晚的梦境、今天的待办事项、采买单和路径地图，连同要寄的信、要交的水
电费都用线简单地缝在胸口，邮局的人自己拆件处理；衣服留一些空白处，则
是书写你和今天生活实地演化的互动文本：在办公室快递的签收、收音机听到

的歌词、上课的笔记、一页会议记录、中医师开的药方子、吃中药不吃笋芒果鸭肉的禁忌单、街上偶遇十年不见的老朋友电话、铁板烧的油渍、餐前涂掉的口红印、餐后的饮食证据……都留在今天的衣服上不洗。每天生产一件衣服的衣柜笔耕不息，摆成了置字楼，女人不再觉得永远少一件。夜晚要出门，就用荧光写成夜间能见度高的活动霓虹灯；今年的七夕情人节，就穿去年2月14日最后一次还有情人的衣服上街吧！电影里迷情洋装式的感染力，起因只是一件有能量的花色，沿街连坐数十人的命运而已，这就是一件衣服的魅力。

如果躁症病发、创作欲正旺，就一次买足几匹布当纸来写；等阴雨绵绵郁症一犯就停笔裁布来穿，偷一点儿那时灵感的太阳能；脑袋彻底绝缘时，就把手边正在读的书拿去印刷厂翻印成衣，比方六法全书的披肩、到欧洲十趟来回机票缝成的飞行围巾、大学甄试数学几何考题的领巾、台北行天宫地下道面相痣图的上衣、脊椎对应神经图搭配推背图的运动衫、写满世纪帝国攻略集的内衣、移动电话使用说明手册的长裙、鼎泰丰的菜单外套、糖朝冰品的手帕、奥地利冰酒的标签帽……有霉味的二手书可以手工线装成一流的概念衣，所有有意见的人走成充满灵感的市容，作家都抛开书本到街上去。如果以后，个人数字助理iPad是一件可以穿的衣服，路上的人用眼睛就可以搜寻信息以及今天的头条，你将享有一整条街对你行注目礼的荣耀。

一具衣柜的失火，就像一部个人史的毁灭，一如秦始皇焚书那样壮烈；手工只此一件、不再加印的绝版衣，贵在所有的笔迹无法复制，贵在时间不能回头，贵在人会老，记忆不死。如果我可以出版我亲手绘写的布衣，一式一件，按季在伸展台上借人体发表，我就不再出版书。

晚节不保·黑衣禁制令

我很不会穿衣服。第一份工作在一家冷冰冰只放Philip Glass极简音乐的广告公司上班，那里的"人"穿衣服大概非黑即白，不管是男是女远看都像黑白郎君，这让我想起山本耀司黑白调的工作室，听说连工作人员的午餐都是黑米配白萝卜，精英都回到黑白电视的时代。我是社会新鲜人，入境随俗也就只买这两种颜色，久了，买衣服都买成了色盲：看到有颜色的衣服都会自动略过当没看到，一件剪裁或款式特殊的黑衣或白裙却能让我眼睛一亮。

对我而言，黑色可以让热情如火的我与人保持安全距离，白色则把自己圣洁化，别人得先去洗过手后才敢靠近我。所以我的两衣柜就分成两色：一柜黑，一柜白。衣服也好洗，白的一次洗，黑的一次洗，不怕染色。弟弟的黑白丝质律师袍，自他出国念书后，就变成了我的浴袍，每次进出浴室、卧室，就像是要出庭一样煞有介事，里面

其实只是赤裸的肉体证据，没有意外血光，所以还不能算呈堂物证。妈妈则受不了我每天穿黑白出门像是在守寡，我只是活着练习穿有品牌的丧服而已；有人以为喜穿黑色的人很压抑，其实这种人不动声色的勾引你才要更小心。

直到有一天，一个朋友带我去见一个高人。老伯伯眼睛不好却劈头第一句话就骂："你不是属狗吗？属狗还穿黑色，难道你不知道黑狗最倒霉吗？"我心想，难怪我老生病、走路常跌倒、扭伤脚、对发票从来没中过、一天到晚破财、老是犯小人、遇人不淑……原来我出社会当了十年黑狗兄（凶），还自认为有品位地耍酷，原来都在招霉运——望着我穿了十年的各款黑衣，这大半衣产一夕之间全都瞬间贬值，真是欲哭无泪。

我每每在忠孝东路橱窗前，望着以前一定会冲动购买的黑色拉链高领衫，现在都成了相见恨晚、只能欣赏无福拥有、就像对别人俊帅的老公再动心也得放手的遗憾。

在我还没开始大肆采购、衣柜还没改朝换代、衣服还没变天之际，我只能穿白色。不是有个黑啤酒的广告词：怕黑？那你不是白白活着？全白会让我看起来面无血色像女鬼僵尸，所以我想到一个对得起自己品位的折中办法：穿"黑加白"的灰色，或是在黑衣上围个彩色的围巾，破解一下黑色的诅咒。

为了让我的后半生是彩色的，现在得开始慢慢治疗我的购衣色盲症，开始试试赭红的、水蓝的、墨绿的、香蕉黄的，甚至金色的、桃红的、七彩的衣服……有人说我老来俏，其实只是想帮自己留个好老运。

现在已经不是择善固执的年纪了，贪生怕死到——就算晚节不保，把自己穿得像染色失败的村姑，也总比一条倒霉的黑狗好！

106— 107

医

- 性感医疗的经络板 ● 灵肉健保卡 ● 爱情的身体教具
- 西藏医学的书与图

这些医疗行为很色情，请注意你的医德。

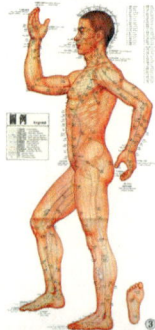

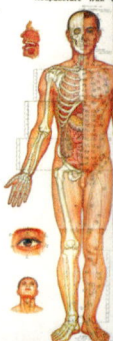

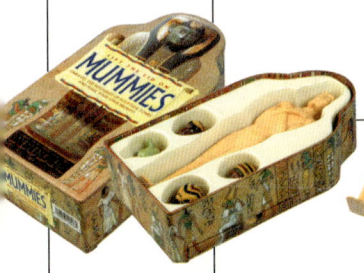

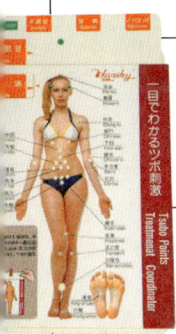

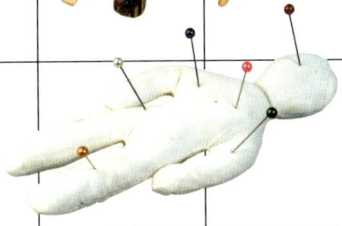

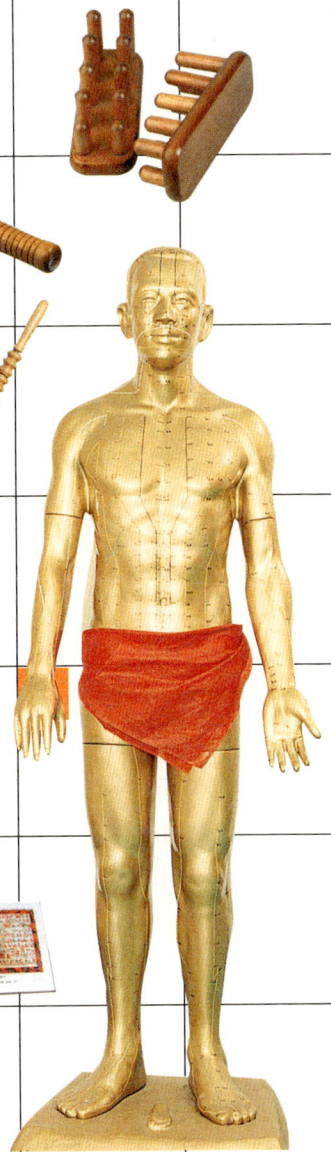

性感医疗的经络板

身体是我们所拥有的东西中，最变幻无常却又不能替换的物品。

我的敏感多病让我在医院各科之间疲于奔命，刮痧拔罐成了我半夜自救的本能，年纪轻轻病历比著作还厚，我很快就久病成良医。

我三十年来大大小小的动产，就是分散在家里的各式各样按摩器材：客厅的"气血循环机"与"脚底按摩器"，书房的"按摩椅"，卧室的"小腿揉捏机"和"摇摆器"，和室的"肩与背三段式电动垂打棒"，浴室的"按摩浴缸"……我还想要一台日本进口、红外线两轴八轮的推背床。

我家变成了按摩病院。

直到去年我学会了经络，我开始迷恋这种一步步凌迟自己的"痛快"。频繁地看医生可能是一种嗜病症，可能喜欢受虐，渴求别人的关怀，所以做经络可以自力完成这些难言之隐的病态需求，真是极好的发明——各形各状的经络压板，犹如一个个对症下力的刑具，或跪、或俯、或躺、或卧，压在上面如钉床般，对浑身是病的人真是酷刑。

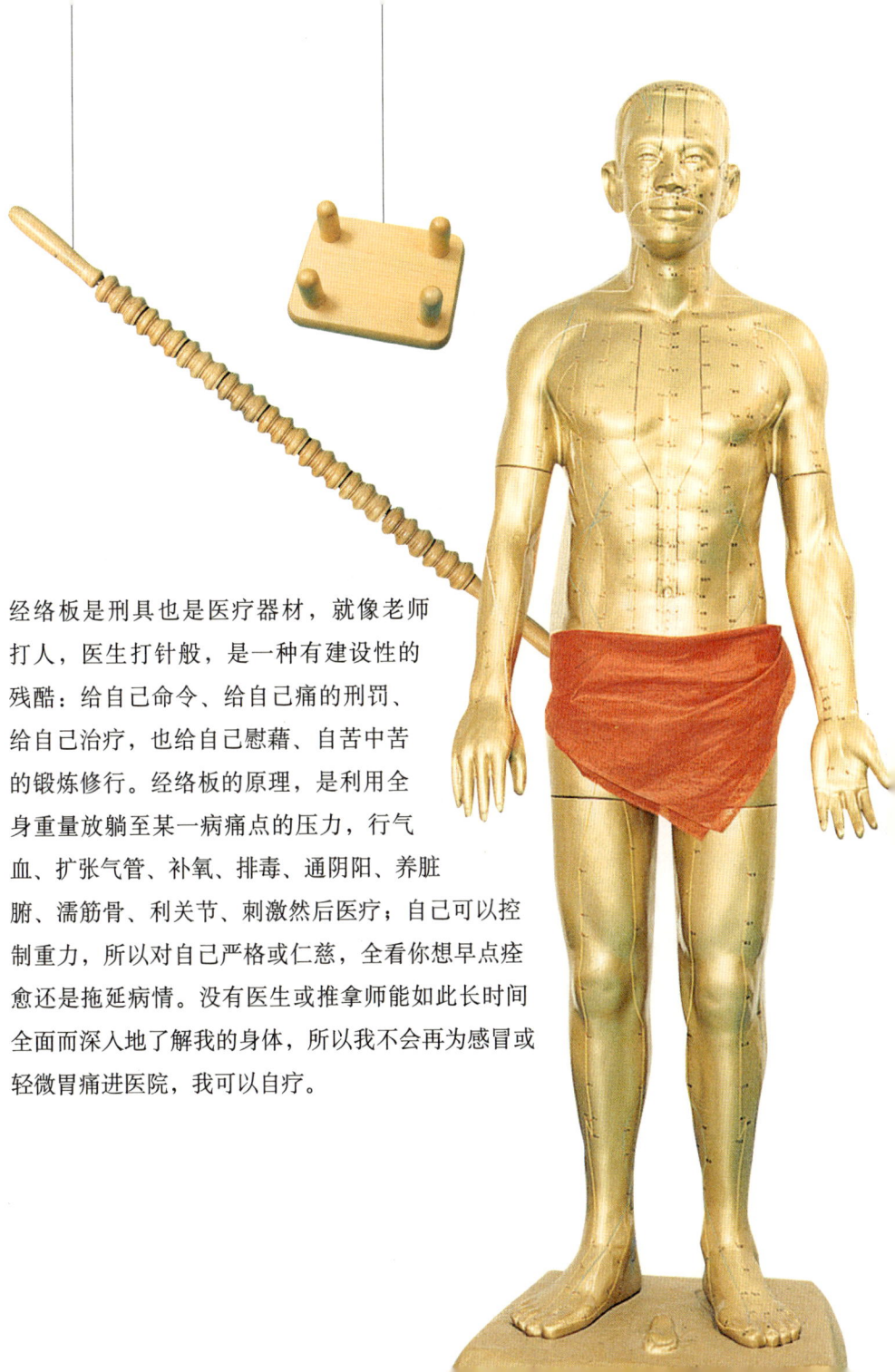

经络板是刑具也是医疗器材，就像老师打人，医生打针般，是一种有建设性的残酷：给自己命令、给自己痛的刑罚、给自己治疗，也给自己慰藉、自苦中苦的锻炼修行。经络板的原理，是利用全身重量放躺至某一病痛点的压力，行气血、扩张气管、补氧、排毒、通阴阳、养脏腑、濡筋骨、利关节、刺激然后医疗；自己可以控制重力，所以对自己严格或仁慈，全看你想早点痊愈还是拖延病情。没有医生或推拿师能如此长时间全面而深入地了解我的身体，所以我不会再为感冒或轻微胃痛进医院，我可以自疗。

起先真是"做"如针毡，凡压过必留下淤青、比戒疤还难看的惨状不忍卒睹，但这些受虐的痕迹其实是医疗的轨迹，是我穴道最准确的网络图，是身体看得见有颜色的病灶，是排毒的路径图。我喜欢痛，我可能很色情，否则我怎么会对比自己身壮的针灸铜人产生遐想？铜人胯下的一块红布，像是斗牛士的战斗目标，真是性感极了；铜人表面写满的经穴名目让我忍不住想碰触，并对应这些身体的隐喻。

没有痛哪算真实的存在？经络板是很自虐的自疗法，而且越痛越见神效。这种痛无害，连痛十天后，痛觉消失，其实病也好了，但我会失落，我会继续找新的痛点、新的病灶，继续我性感的新医疗行为——我透过这种自体地毯式搜索疼痛的行动得知：以棒滚动头部，头痛会解除并即将好眠；压臂外侧的手阳明大肠经，会消除腹胀及消化不良；压臂内的手太阴肺经、心经、心包经可舒解感冒、咳嗽、心悸、皮肤过敏；压大腿正方的足阳明胃经，就不用再吃胃药；压大腿内侧的肝经可解疲劳……

我的病按图索骥，经络板一一打开紧绷的关防，并清除我肉身的障碍；痛圈

鍼灸穴位掛圖
Acupuncture Wall Chart

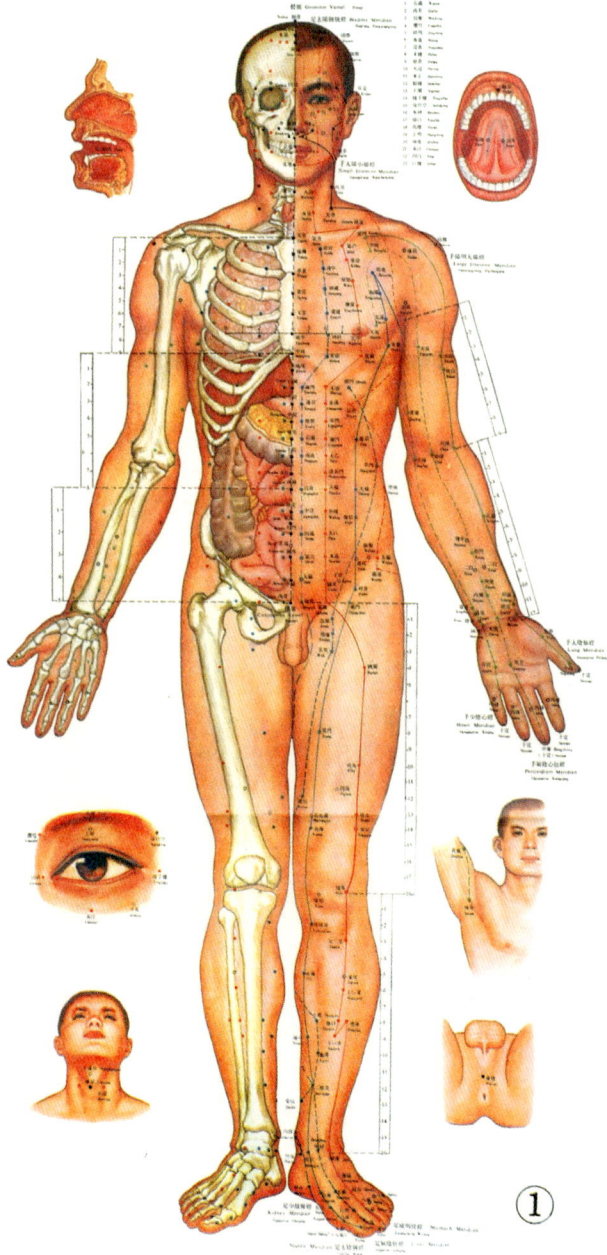

①

鍼灸穴位掛圖
Acupuncture Wall Chart

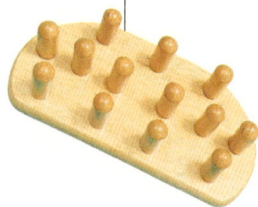

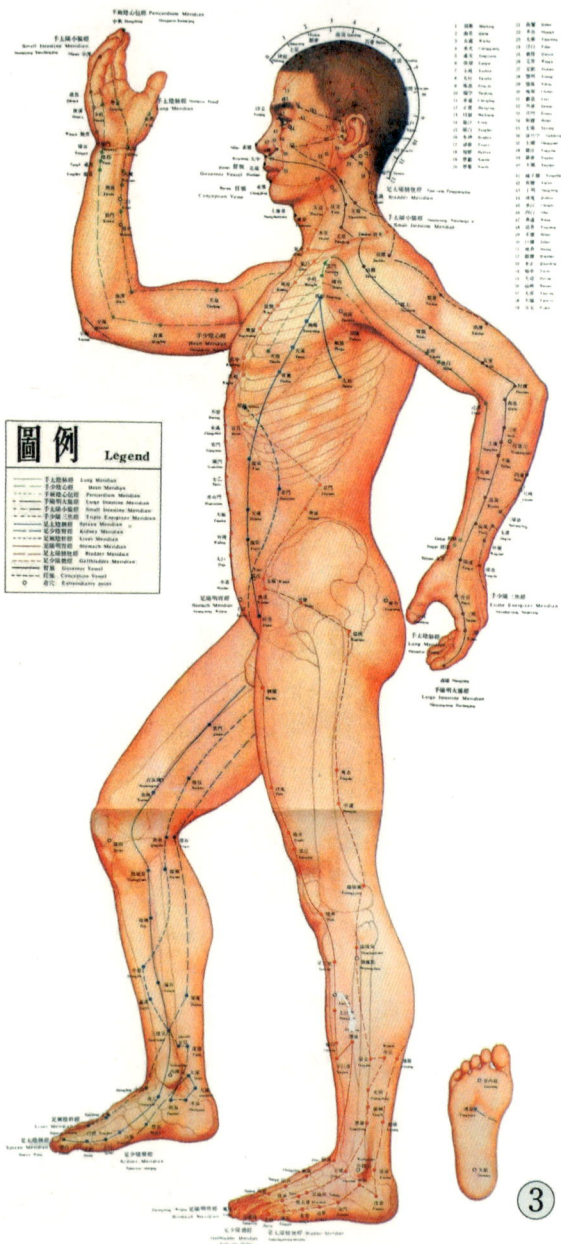

圖例 Legend

③

出了我身体的边界，扩大了我的耐力极限，我已经完全招降自己。黄帝内经有言："夫十二经脉者，人之所以生，病之所以成，人之所以治，痛之所以起。经脉者，所以能决生死，处百病，调虚实，不可不通……"当我开始对别人好奇，或者可以说是我仁心仁术，在我自体实验、身体力行后的半年，我一一传授给我关节炎的母亲、头痛的父亲、失眠的弟弟、腰痛的阿姨、胃痛的老师、神经衰弱的同事、重感冒的好友……我的一个好友曾这样形容：刚开始做很像清朝十大酷刑，可是做完比做爱还舒服。

对于经络与身体学，我已经有探究到底的野心，所以我决定去学中医。现在的都会女子就要什么"都会"，如果不会未卜先知的预言力，或是趋吉避凶的巫术，至少也要会一点医术，你才可能在这个牛鬼蛇神、枪林弹雨的都市丛林中持续先锋，永远的刀枪不入。就像活在二十一世纪灵能兼具的女侠，能治病就是你最大的魅力，因为可以收你所爱的人做病人，协助他找痛苦的病点，犹如找他快乐的性感带一样；你是严师，再如何不忍地听他痛苦呻吟，也得将心一横地逼他继续自虐，否则他以后会病得更苦，你就不能和他天长地久。

做经络是很健康的SM，也是声色成效极佳的身体力学。不过，这医疗行为很色情，请注意你的医德。

※图片物品提供／冠丹瑜伽、法天地气功

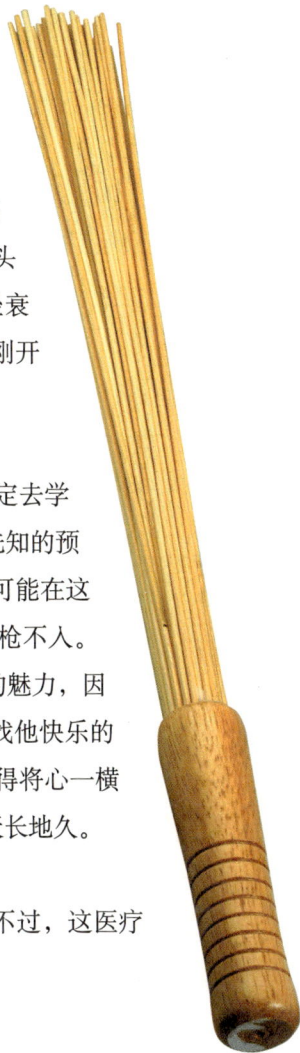

医

灵肉保健卡

记得第一次看见这种轮盘形式，是我小时候在天文台买的星象转盘。

以前对天文学迷恋至极，每到换季就拿着轮盘到花园，转到春或夏或秋或冬，对照天上真实的星星位置，然后梦想要成为太空总署的第一位华裔女航天员，在星际中过着欲望无边际的生活！但因为家里觉得女孩子念理科会没人敢娶，所以只好乖乖地念文科，到了青春期就夭折了我做航天员的春秋大梦。

不过我现在改对医学好奇，所以对于身心灵的保健信息特别感兴趣。再加上我从小迷恋的轮盘形式……当然就引起了我不看价钱、非到手不可的收集癖：这套我在美国波士顿MARRIT MALL买的灵肉保健卡，有头身按摩轮盘、瑜伽姿势轮盘、手脚按摩轮盘、风水方位轮盘、药草偏方轮盘、印度气轮盘……哪里有问题就转向哪里，那里就会出现解答、谕示、医疗秘方……不必翻阅大部头的医学灵疗百科全书，不必怕记错穴位有医疗过失，艰难的医学步骤简化成一张易懂的转盘卡，只要照着洞口所指现出来的方法，跟着摆出瑜伽姿势、跟着按摩穴道、跟着摆妥风水、跟着服用药方、跟着食疗、跟着气轮指示休养生息——自己边玩，边DIY动手救自己，真是一卡在手，"回位"无穷！

表・Front | 不眠症 Insomnia | 頭痛 Headache | ノイローゼ Depression

不眠症 Insomnia

頭痛 Headache

Hariky

一目でわかるツボ刺激
Tsubo Points Treatment Coordinator

百会 Pai-hui
懸釐 Hsuan-li
中府 Chung-fu
期門 Ch'i-men
下脘 Hsia-wan
曲池 Ch'u-ch'ih
手三里 San-li
尺沢 Chi-tse
中脘 Chang-wan
天枢 T'ien-shu
復結 Fu-cheh
気海 Ch'i-hai
気穴 Ch'ih-hsueh
中極 Chung-chi
関元 Kuan-yuan
血海 Hsüeh-hai
足三里 Tsu-san-li
三陰交 San-yin-chiao
湧泉 Yung-ch'uan
行間 Hsing-chien

使い方
あなたの知りたい症状を、中段のプレートの中から選び図のように差し込み、左上の窓に症状がでると、ツボが表示されます。

FENG SHUI DECODER

还有一张我在东区某家SPA跟老板娘要的"日本经络插卡",用法很简单：失眠就插失眠卡，胃痛就插胃痛卡……你便可以从卡的正、背面红点处清楚地看到该按你前胸后背的哪些穴位——头痛、疲劳、腰痛、感冒、生理不顺……同理可证。从此以后，我旅行就免带厚厚一本的经络按摩书，一张卡就能行医天下，权充自己和同行旅伴的蒙古大夫，不必保健卡！

这真是实用极了的Body Guide!灵肉保健卡，自转如经轮转，希望我能因此越转越健康！

爱情的身体教具

我对一个男人的迷恋，有时只因为他的手细长而美，然后就盲目地爱上他的灵魂。有的是因为掉进他的眉宇眼眸之间，然后就爱上他的一切。我喜欢俊美男人的细节，所以我想开一门"情人身体学"的课，自己选各式各样的情人身体作为教材，依精彩程度安排一学期或一学年的课程，做一场场不用手术刀，却可以逐步微细分析研究的大体解剖。一如日本女作家柳美里的体验性小说《男》，为她男人的"耳朵""指甲""嘴唇""头发""牙齿""胡须""背""脚"分别写了共十八篇短篇小说那样精工准确。

我不知道我是因为先迷恋身体，然后才对必须背诵人体各穴脉的中医感兴趣，还是因为对医学有兴趣，才开始正视身体各部位的神秘学问。书房里除了必读的中医教科书、人体经络图、耳穴图之外，还在纽约买了THE PHYSICIAN'S ART，那是一本摆满各式各样"美丽

洁净的身体模型"图文书，把原来要拿来做解剖教学、可以把身体外盖拿起来、心肝胃肠一一取出，然后重置的练习模体，现在都变成了一具具很艺术的人形——那些雪白透明的迷你器官一点儿也不像韩国片《残骸线索》那样血腥，甚至可以说是美极了。

我还在纽约大都会博物馆买了儿童教学用的埃及木乃伊模型，一样可以打开重重棺盖、身盖，可以拿出小如指甲的迷你肉色器官放进陶罐里。我想我上辈子可能是专门处理木乃伊的身体医学艺术家，或是威尼斯研究性感带的解剖师，所以这辈子想当外科医生的想法比当作家还强烈。我也喜欢看蜡像馆后方、身体还没被组装好的工作室，或是陈列在博物馆廊中有着运动员体格的男体

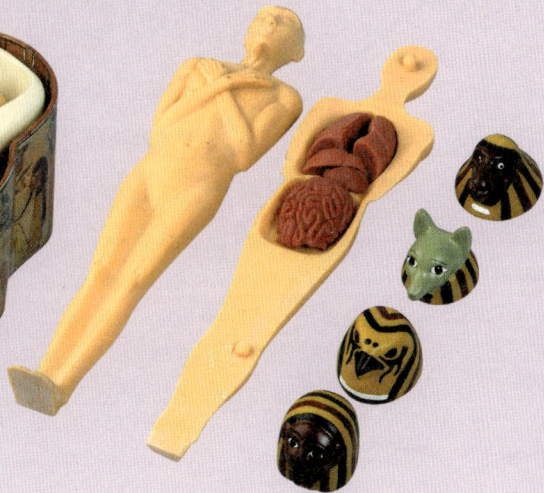

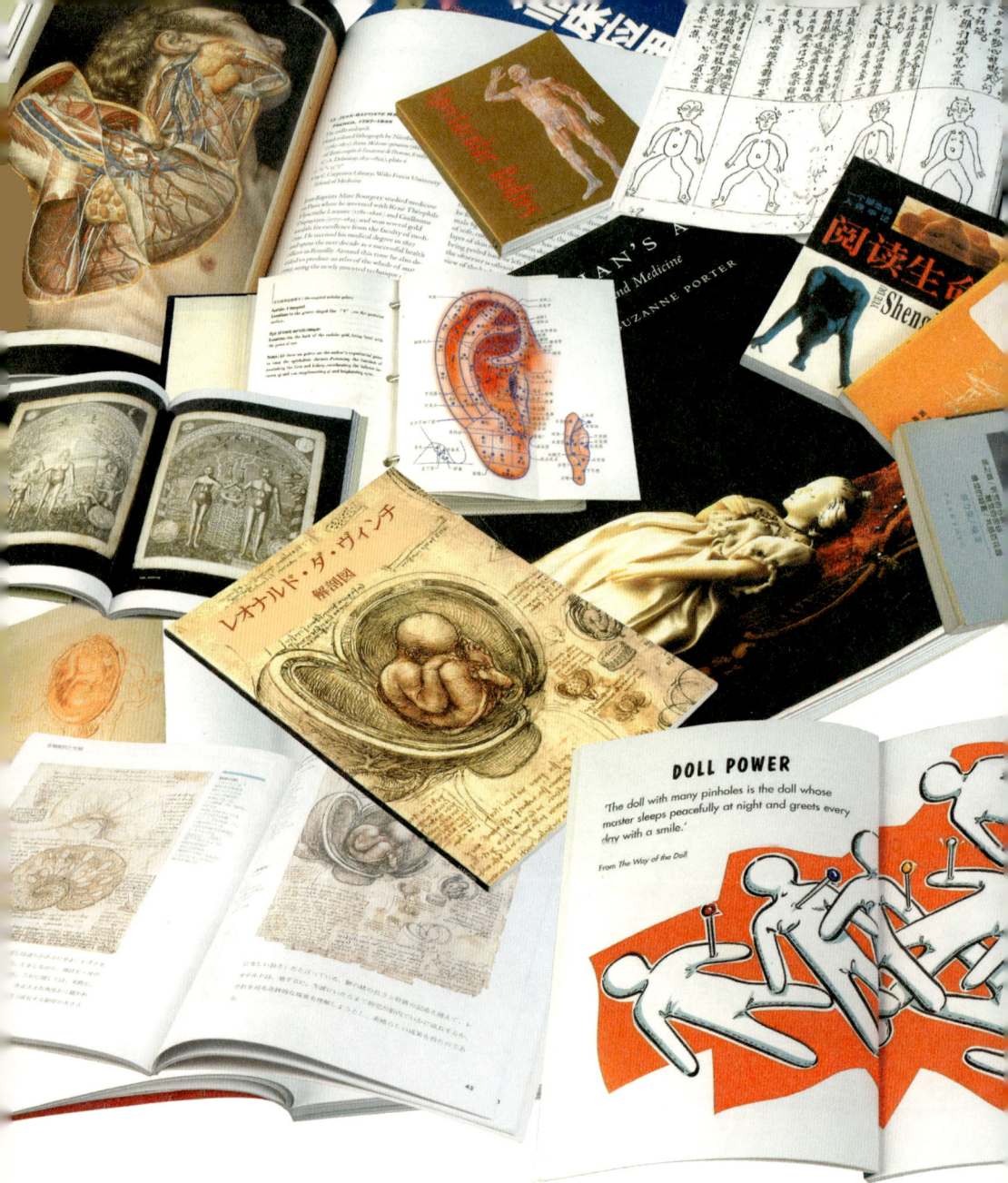

DOLL POWER

'The doll with many pinholes is the doll whose master sleeps peacefully at night and greets every day with a smile.'

From *The Way of the Doll*

レオナルド・ダ・ヴィンチ
解剖図

雕塑。我很羡慕罗丹与卡蜜儿的恋情，可以彼此观察身体曲线变化的细枝末节，然后在手中复制出对方的身体——要完美地重现肉体，艺术家必须比医生更能看到"灵魂借由身体展现出来的力道"才行。

我好学不倦的精神，让我继续在北京买下一本医生的人体手记，在上海古书店买了画满"天惊风火式""地惊风火式""人惊风火式""天吊风火式"……的中国古医书，以及在美国买的把有生命力的心脏画成有很多出口、精密极美容器的医学解剖书。对身体细节极端着迷的我，居然让我对极限艺术的骇人图册、西藏的天葬照片及北京紫禁城外的酷刑博物馆流连忘返。我的性幻想，从在手术台上亲吻开始就有着致命的快感。我在香港PAGE ONE书店买的巫蛊小人，现在我拿来练针灸。西方的魔法因《哈利波特》《魔戒》而盛行，我却只想当个能占卜、会医术、很善良的中国女巫。我想创办中国女巫医学院的意志坚定得不得了。

看到这里，如果你够聪明，你就会发觉跟我谈恋爱可以很精彩，但跟我生活一定很悲惨（以前那些爱情烈士们都领教过我的想象力），因为只要你的身体发福成比例不对，我可能会强迫你运动，而且不给饭吃，但我会先管好自己的身材。所以如果你想上我的"情人身体学"，得先修过"0.618自体黄金比例学"，否则会被我挡修。

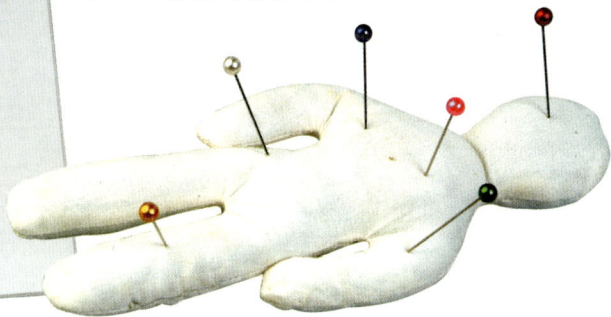

西藏医学的书与图

我因为体弱多病，久病成良医。开始研究起中医之后，对人体病理学有极大的兴趣，家里挂满了中医的经络图、研究针灸用的穴道铜人等等。我在台北书展买的《西藏医学艺术》，让这次到西藏的我，对藏医更是好奇得不得了，因为这个结合中国、印度、尼泊尔、阿拉伯、希腊、罗马的医学精华，再融合当地既有的医学基础，在海拔如此高、人称第三极的高原地形上，建立了独特而自成体系的西藏医学。再加上全藏民信奉佛教，特别重视身、心、灵平衡的观念，所以目前西藏医学已经受到欧、美、日等国的注意。

藏医体系中，最有名的是由宇妥·宁玛元丹贡布所著的《四部医典》——宇妥为心慈悲，治人无数，被人称为"药师佛下凡"，而这部丰富的医书，目前已是各藏医学校的必读教材。我在西藏的罗布尔卡寺外买到的《四部医典系列褂图全集》，最吸引我的就是他们把西藏医学的精要，彩画在八十幅卷轴上，

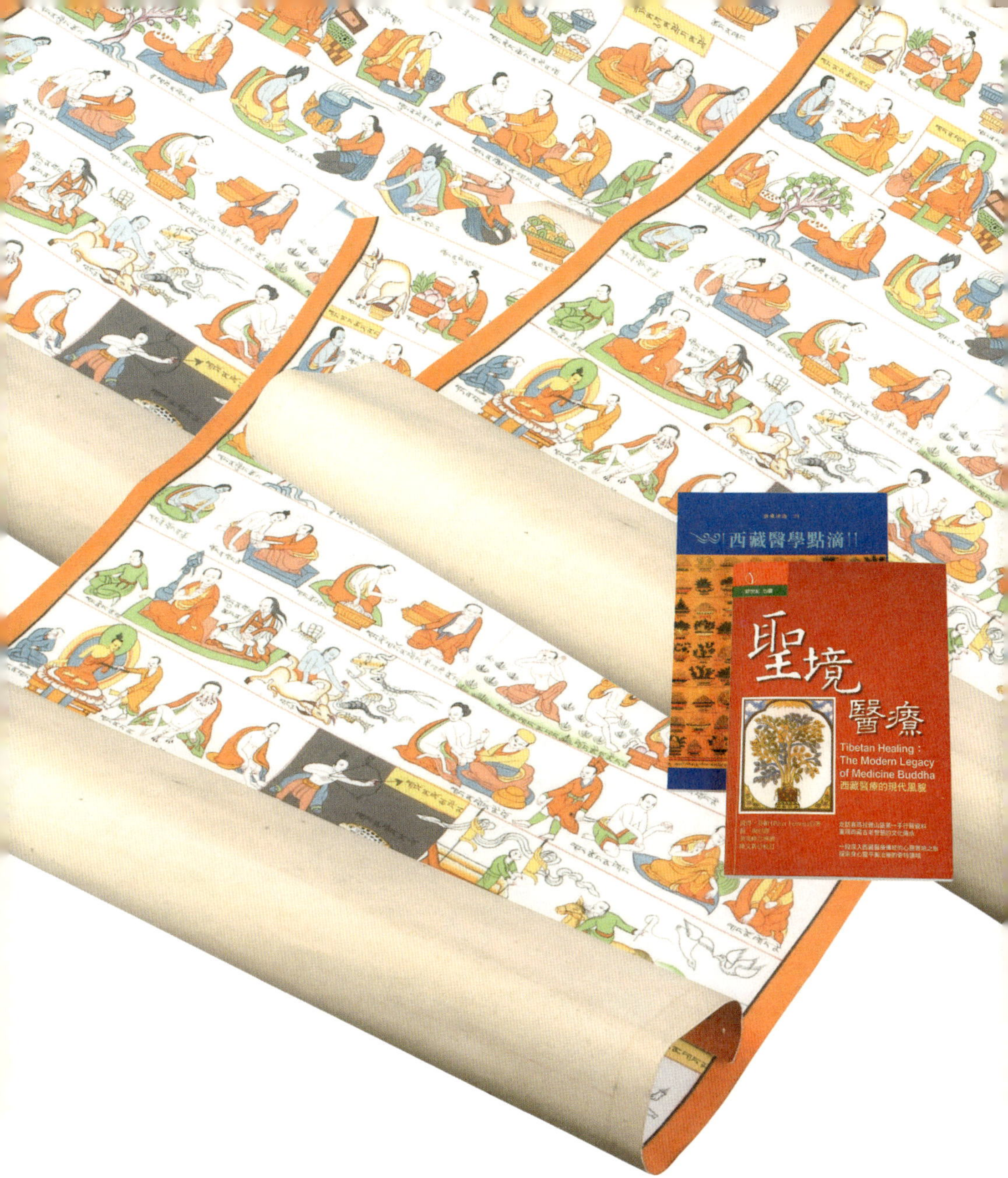
西藏醫學點滴
聖境醫療
Tibetan Healing：The Modern Legacy of Medicine Buddha
西藏醫療的現代風貌

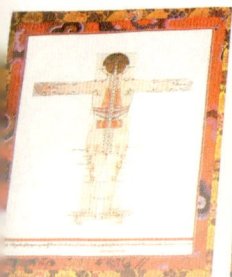

第六十五图 补充的火炙穴位（人体背面）　第七十六图 热敷、温敷、药浴、涂油、穿刺　　第七十七图 总结（一）　　第七十八图 总结（二）

成为携带方便、可四处教学的《四部医典唐卡挂图》，每一张图画满了故事道理，比方以树的根、枝、干、叶来比喻人的生理功能与病理变化，比方人体胚胎发育的三个时期：鱼→龟→猪的演化图，还有人体器官比喻图（他们把髋骨视为墙，把头视为阁楼，把七窍视为窗户，把双腿当门框，把心脏当国王，把肝脏当王后，把要害当钦差……）以及人濒死的梦兆图（如果病人梦到自己裸体或是举行婚礼，表示离大限之日不远了）、人体脏腑经脉骨骼图、药物图（你想都没想过的死人脑、锅灰、旧鞋底、孀妇内裤、五岁幼女的五官五脏、狐便尿……都列入药材）、各病起因图（比方嫉妒心太强会得赤巴病，违背誓言会得瘟疫……）、毒物图、尿诊图等等，千奇百怪，好看得不得了。

藏医还有一个很有趣、与一般中医不同的是，他们可以透过脉诊（切脉）来预卜病人的未来：比方沉脉表示家会遇到仇敌，激冲脉会遭人诽谤，脾脉出现肾脉象表示要发财了，若反过来，肾脉出现脾脉象表示财产会遭劫夺，命脉若呈现半停搏或硬表示会有官司缠身，肝脉最强表示在外的家人还没回来，脾脉最强表示家人即将起身，肾脉最强表示家人在路上被人抢劫了……所以如果我会藏医，自己把把脉就以知道什么时候买乐透最好，家人现在已经到哪里……连打手机问都免了。

这些很魔幻、超现实色彩的藏医褂图，一幅幅都画得很美，都是艺术品。在西藏博物馆里展示很多大幅而壮观的挂图，很值得一一细赏。我除了花450元人民币买下重达五公斤的《四部医典系列挂图全集》外，还买了一小幅手工精绘的藏医褂图（原价人民币500元被我砍到200元），准备开始研究藏医。我现在边写这篇文字边听药师佛心咒，我希望将来有机会能再回拉萨，到西藏医学院做短期进修，希望自己学医救人的愿望能成真！

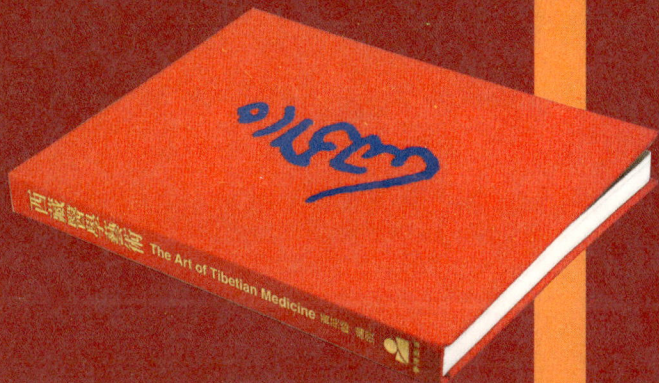

瘾

● 我未来的外星情人 ● 鱼子酱、巧克力的吸食快感 ● 大开眼界的面具
● 逛古董街，寻找自己的前世遗物 ● 活在上海老广告中的女人 ● 埃及杀价学

让你完全丧失心智与财力的一种病。能戒，就不叫瘾了。

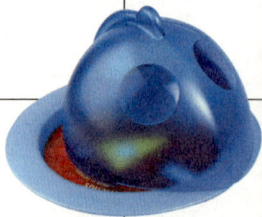

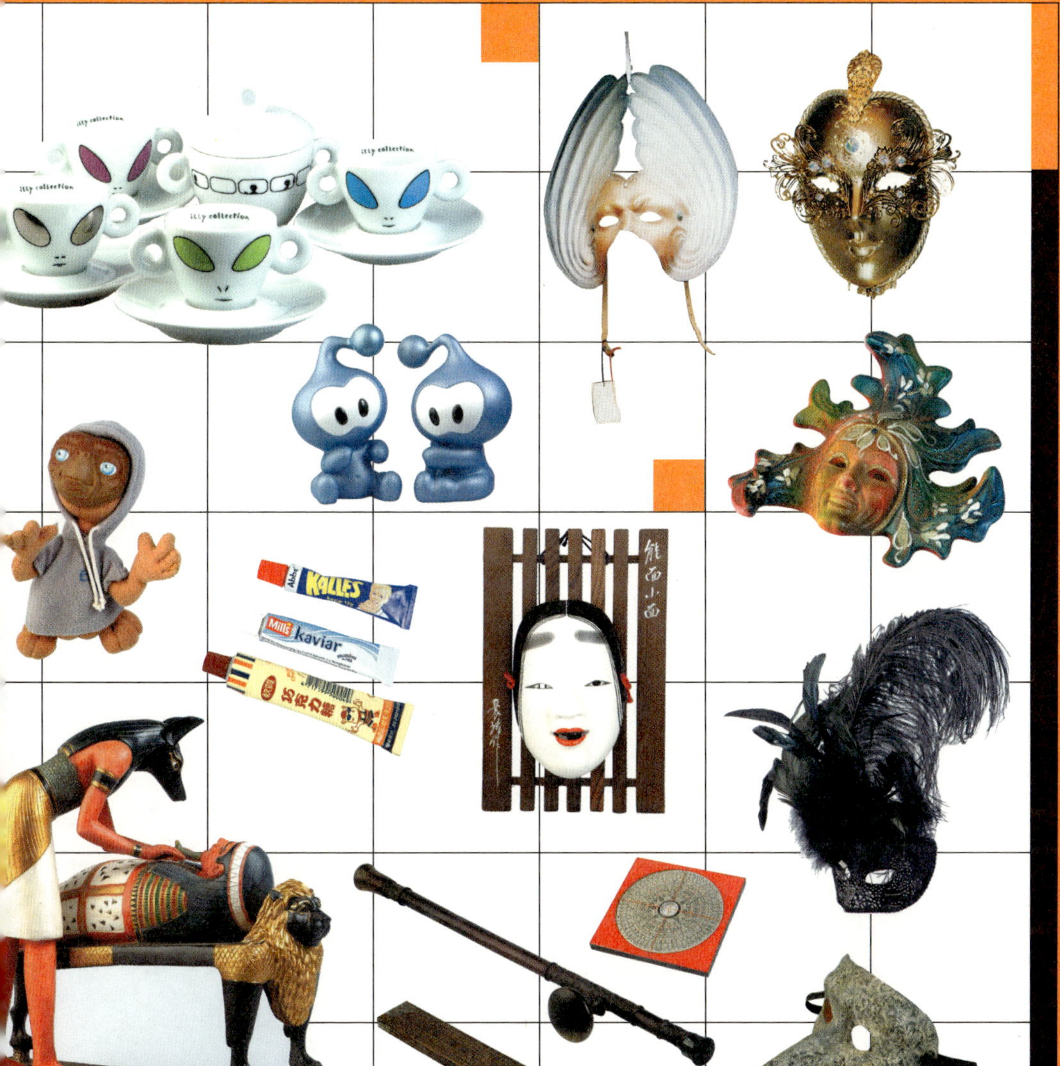
illy collection
KALLES
Mills
kaviar
能面小面

瘾

我未来的外星情人

有些人问过我，对未来的情人有什么特别的想象？我记得一开始我的答案是外国人，后来才改口说是外星人。

这真的不是玩笑话。从小我的人际关系就很差，现在也是。以前当学生的时候最怕分组，因为我一定是那个整数之后的余数，尴尬地等看哪组肯发慈悲收容我。如果全班秘密票选心目中最讨厌的同学，那我一定能获得压倒性的胜利。

根据我前半生的初步统计，我的友情不会超过两年，爱情更短，能爱你九周半就已经算是天长地久——我老是和"人"处不好，EQ大概只有我IQ的个位数，加上记忆力特差，老是记不住别人的名字，因此莫名其妙的结怨就更多，所以我通讯簿里的人际关系，扣掉亲属篇从来都不会超过一页，然后半年之后就有半页的人已经慢慢不联络。更夸张的是，我老觉得手机收讯不好所以才没人打来，办了第二个手机还是没人打（喔，其实应该正确地说，平均一个礼拜还有两通来电，一通是打错的；一通是我留话给别人，请他一定要回电话给我……）。人际关系已经降到冰点，我只好寄情在低温的外星人。

我跟外国人处得比本国人好（因为本国人实在太迂回、太多礼数、太多不好意思，我实在学不会矜持），所以照这样推理，我跟外星人一定可以处得更好，因为外星

ESPRESSO 杯组
David Byrne's iLLy Collection cups, 美金 115 元, available at Neiman Marcus, Boston: Copley Place, 100 Huntington Ave (617)536-3660

人听不懂我情绪强烈的话，所以我必须简化我的句义来沟通，这样的关系当然简单又好。他们对我不会有成见，不会有敌意，不会有猜忌，个性本来就不合，身体结构也不同，什么都是新鲜的，物种的差异，我当好奇体验，像玩"实境·虚拟"的电子游戏。因为我们之间路途遥远，距离以光年计、聚少离多感情一定好；往返都是宇宙飞船，格局变大，就不会为了该谁去倒垃圾、究竟谁买这个没用的东西、这脏袜子到底是谁的、房子怎么这么脏乱等芝麻小事拌嘴吵架。我真的希望谈一场星际之恋，那绝对比异国恋情更高潮"碟"起。更爽快的是，和外星人做爱不必担心怀孕（万一怀孕，还可以领外星人

外星人宝宝
Chance Baby

劫持险的高额赔偿金），所以也不需要戴保险套。于是我大量收看外星人来过地球的证据影片，对有人真看到飞碟的新闻感到兴奋不已，家里更有一卷外星人大体解剖的纪录片，还有ET、《接触未来》《第五元素》《星际大战首部曲》……这些经典电影，让我对外星人开始意淫起来。

更严重的是，我只要看到有外星人图式的物品，更是完全不看标价，非买回来不可，因为那是我替将来的外星情人先行添购的同居用品——除了两件外星人T恤、一只ET手机袋、两只天线方向不同的外星宝宝、一个德制荧光蓝的外星人食物罩，还有我上个月刚从波士顿带回来的iLLy牌外星人ESPRESSO杯组、ALESSI外星人荧光绿冲茶器……这些易碎的玻璃陶瓷外星人，我得徒手拎回来，唯恐放在行李箱内粉身碎骨。而这些排场浩大的荧光色用品，让外星人在半夜也可以找到正确的位置登陆我，我会和他先喝一杯ESPRESSO后，开始我们的交往。

外星头食物罩
Koziol, cheese keeper, made in Germany

我计划将来的旅行，就是要到美国新墨西哥州的罗斯韦尔镇，因为那里是传闻UFO坠毁的所在地，当地已经开起了很多外星人用品专卖店，而且还有很多相关的节庆活动可以参加。如果将来有机会到苏格兰，我也会到传闻中飞碟目击次数最高的邦尼桥镇（Bonnybridge，在爱丁堡西方五十公里处）去看看。但在我出发之前，会先向佛罗里达州的斯特·劳伦斯保险公司保个"外星人劫持险"，因为如果真的被外星人绑架，我就可以获得1000万美金的赔偿。而且合约上还说，如果被外星人吃掉，或是被外星人劫持后而怀上"异种"，还可以领高达2000万美金，真是令人兴奋的高额保障呀！

最近还有一个关于外星人的消息：由美国波士顿"接触团队"所举办的一项名为"宇宙呼唤"的活动，一般民众如果有什么话想跟外星人说，只需付美金24.95元，他们就可以利用强力无线电波帮忙传达——我很兴奋，我终于有机会与外星人搭上线，现在只需170元就可以传短信给外星人："带我走吧！招待我去你们的星球看看！但请不要抓我去做标本！""跟你亲热需

外星人坐抱的冲茶器
GV09 GR "Inka", ALESSI, 美金 75 元,
Available at PRUDENTIAL CENTER CHASSO: 800 BoyLston
ST, space B153 Boston,
MA02199, (617)859-1808

不需要戴保险套？""可否告诉我，你们的交友网址？""你想以结婚为前提，开始我们的交往吗？""金字塔真的是你们盖的吗？""美国总统是不是外星人？""你们是不是真的在一千年前修改过我们的基因？""你能不能寄点宇宙通用货币给我？还是等我保了外星人绑架险后，我们一起连手领取2000万美元的保险金？""你们会失恋吗？你们会哭吗？你们相不相信算命？你们喝不喝可乐？你们的审美标准是什么？你们会不会得SARS？你们可以活多久？""到底会不会发生星际大战？ET何时回来？你们什么时候会正式占领我们？"……所有的疑问，终于冤有头，债有主，找到了收件人，从此不必再自问自答。

我真的希望在有生之年遇上外星人。

万一真的生不逢时，那我下辈子投胎变成外星人也行，哪一个星球都可以。所以我下载了SETI@home的计算机保护程序，它会24小时自动搜寻外层空间中是否有智能的生物，只要外星人有发出任何讯息，我会是第一个收到的人。

鱼子酱、巧克力的吸食快感

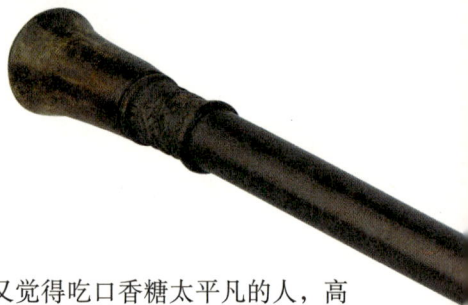

依法不能吸食强力胶。但如果口腔期没过，又觉得吃口香糖太平凡的人，高龄婴儿的我们，终于有一种成人奶嘴的新口味——吸食巧克力，或是吸食鱼子酱。这种强力胶状（我不想形容成牙膏状，太健康了）的巧克力，以前老奶奶时代的童年零食就有，没什么稀奇。但我这条是从瑞典饭店的早餐吧中带回来，本来是放在那给客人涂面包用的，但对嗜巧克力的我而言，简直就是现成的、携带方便的"毒品"，可以随时随地吸食，看起来很有犯罪的姿态，却完全没有坐牢的风险——这种用青少年的叛逆复古童年瘾的行为，够颓废、够堕落，就像坐在摇篮里看"残酷的格林童话"那样，未成年的罪犯依法可享有减刑的特权，只要你先找好观护人就行了。

我在冰岛的饭店还带回几支：强力胶状的鱼子酱，有点咸，有鱼子颗粒，口感很好。吸食鱼子酱的画面是很末日奢华的，比吸食强力胶更有贵族败家的虚荣感；再加上我胆固醇已经超过安全警戒线很多，吸食鱼子酱就更有慢性自杀的企图，就像肺痨末期者，手不离烟那样无可救药——我们好不容易能耽溺一样东西到欲生欲死，人生苦短、实时行乐，干吗劝我们这么健康长寿？

我在上海的古董街还买了一支真正的鸦片枪，木制镶玉，形状极为窈窕优雅，但因时间久远，而且这支是真的有人手握吸食过的，所以表面光滑润泽，像是一个逝去但风华未褪的年代，睹物思人。可惜我手上就这么一支华美的鸦片枪却没有鸦片，但我将来打算要买一座明式鸦片床——我迷恋陆小曼倚躺在上面没有明天的身影，就算是躺在上面喝可乐，我也都会有一种烟瘾上身的快感！

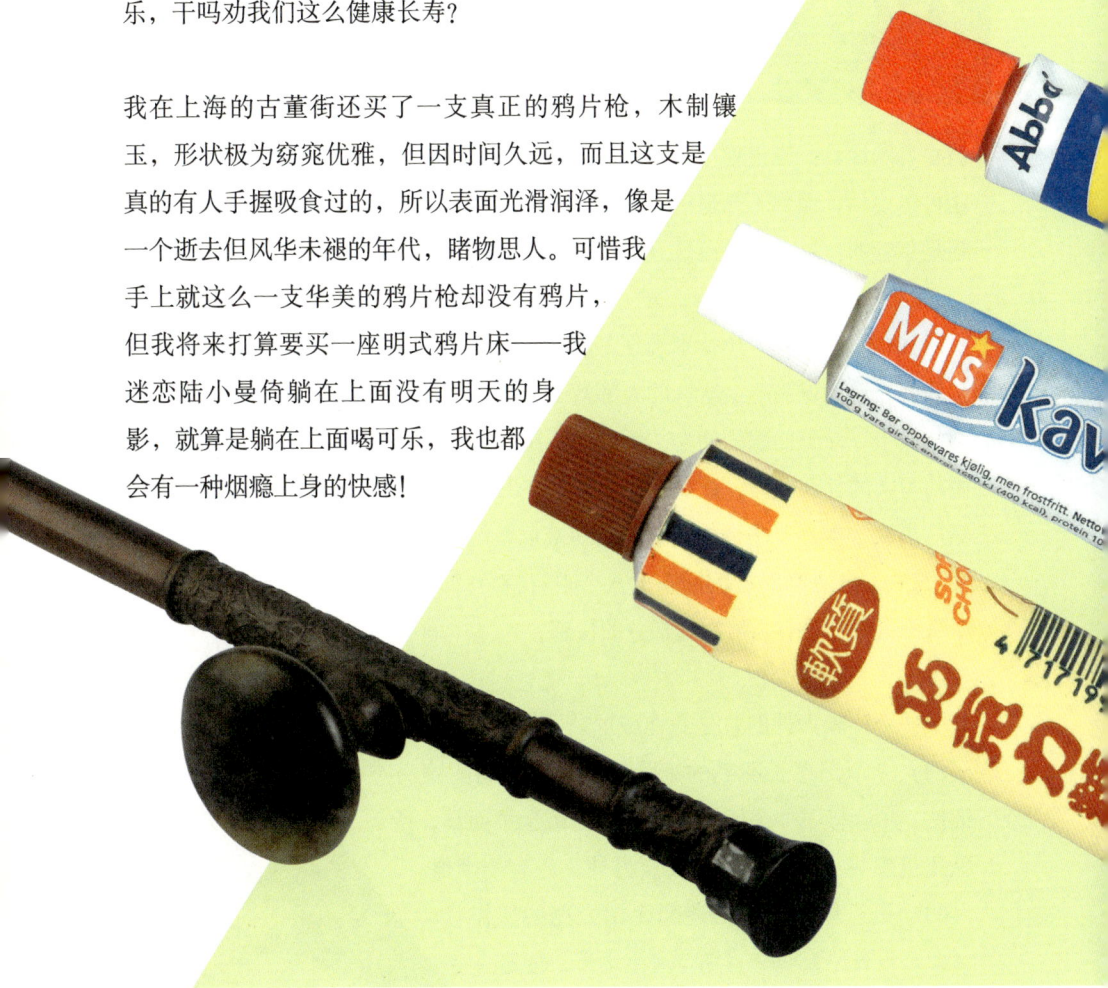

大开眼界的面具

我很喜欢面具。难道你不觉得面具很性感吗？只看到眼神，看不到表情，眼睛可以说话，但你不知道这双说话的眼睛是谁？是男的还是女的？是年轻的还是年老的？是美艳的还是丑陋的？这样的猜测不是很神秘诱人吗？

我疯狂地迷恋面具，还特别选在冬天坐飞机跑去意大利一年一次的威尼斯嘉年华会，看满城满船上所有的人都戴上面具，每个人都换了个身份——中世纪的武士、绿野仙踪的仙女、调皮的阿拉丁、红衣的美丽魔女……那种全城魔幻写实的壮观场面，让我这个面具迷在三天之内，狂拍了1000多张照片，然后出成一本嘉年华会的面具专辑《威尼斯的华丽性感带》（现收录进《创意启蒙之旅》），还有当时搜购回来七八个很有特色的各式面具，感觉像是买回很多身份一样，很有当情报局特务的快感。

其中一个比较大件的，是我在威尼斯圣马可广场后巷买的：一顶黑色长羽毛的半脸面具，眼眶周围镶满细钻，华丽极了——因为满场的人都戴上了面具，所以我也想买一个自己的面具。另外，还有一个很大的动机，就是我非常迷恋库柏力克的遗作《大开眼界》，我一直期待有生之年，能戴

着这顶面具参加那样的狂欢派对，没有人知道我是谁，我也不知道谁是谁。戴上面具，就忘了自己是作家，忘了自己是老师，忘了自己是良家妇女，别人无法指认我，我也就可以肆无忌惮地做我爱做的事，说我爱说的话，不必担心破坏形象……不过，我在这一公布了我要戴的面具，那不是所有人都知道谁是我？

除了在威尼斯买的面具外，我在日本看到面具一样不能免疫——日本传统能剧的面具，有一种鬼魅的气息：过高而短的眉毛，细长的眼尾但眼珠部分挖空，脸惨白，鲜红的嘴唇，像怨妇、像冤魂的脸……没事最好不要挂出来，以免半夜起来上厕所时被吓得魂飞魄散。之前一个会看风水的阿伯来我这，看到我房子里挂满了大大小小的面具，就叫我全部收起来，因为会招阴气。这些价值不菲的华丽面具，一夕之间都沦落到见不得人，心疼的我只好为它们一一包上薄绵纸，全都收进储藏室里——看样子，我真的得等到化装舞会，或是我的生日嘉年华会，才有机会戴着这些面具出来撒野了。

逛古董街
寻找自己的前世遗物

我虽然不是有钱的收藏家，但我想我的前世一定是中国人，否则怎么会一到香港或是上海的古董街，就像失心疯似的，对很多老东西止不住地爱不释手，甚至还有似曾相识的莫名伤感？

我对"必须排成一句正确的诗句才能开启的古锁"很有感觉，会有那种曾被锁在深闺大院里的画面在脑海中浮现；我对三层高的木雕花式鸟笼，感叹家道中落、鸟飞人事也已非的悲凉；我对各式鸦片枪、水烟枪、鼻烟壶的迷恋，让我不得不相信以前的我，一定有着戒不掉的堕落和烟瘾；我对老的木刻首饰盒目不转睛，老板以为我在辨认什么自己失落的传家之宝；我对罗盘、八卦镜也很有兴趣，宛如我是个风水师投胎，那个写满了"财木星：贪狼王进财、营永自然来、此物何处取、必得外人财""病土星：巨门多孝服、游荡走他乡、疾病退田宅、淫乱招灾殃""离土星：禄存人多狼、别离又不祥、夫妻不相遇、男女离家乡""义水星：文曲星睢临、世代近君王、其家多富贵、辈辈有名扬""官金星：喜逢武曲星、其家有余荣、五音田财进、世代显美名""劫火星：得过廉贞星、官事退园林、劫财身孤寡、横祸不佳逢""害火星：建门逢破军、家中出横人、田宅多破财、瘟病不离门""吉金星：辅问是高桀、金钱积满门、五音田宅广、百年永昌荣"的风水建筑专用尺，每一段句子，吉利的可以拿来做房地产文宣，不吉利的可以拿去避邪……让一向迷信风水、搬家要看日子、安床位要看时辰的我，一次扛一双回家当镇家之宝。

我对有文字的东西一向没有抵抗力，这组我从香港赤柱扛回来、重达十多公斤的童男童女道德经书镇，更是在我客厅的电视机两旁，炫耀着我很有分量的书香气质；我对那种量度中药材的古秤、药柜也爱不释手，或许是因为这辈子想当中医师的情结转移吧。

总之，在中国各地的古董街里，找寻自己前世遗物的经验，真的很诡异。中国五千年的博大精深是可以花很多钱的，那些已经标好价、已经被商品化的古钟、古碗、花瓶、瓷器、老照片、明信片、旧地契、绣花鞋……琳琅满目，很容易见一个爱一个。所以提醒你，在这满坑满谷会勾起你古老回忆的诱惑面前，要狠绝割爱、心一横地当刻放下，否则你得学会大刀阔斧的杀价功夫，才能用暗爽的不败家价钱，帮自己的房子做人间四月天式的文艺复兴！

活在上海老广告中的女人

我一直很喜欢上海老广告，除了自己是广告科系，做了十多年的广告职业病之外；另一方面，我很喜欢上海，尤其是老上海，总让人想起张爱玲或是徐志摩文情流连不去，那个有文化、有态度、有故事、有小说、有诗、有爱的那些老街弄——如果我是活在那个时空，少了喧嚣的声光诱惑，我可能会更内敛、更文气一点吧，或许我只需找个大户人家嫁了，不必去争宠，躲在自己的小闺房里，就可以专心诗词书画。但活在这个时代的女人得自力更生，因为现在已经没有男人只是想养你、照料你，把你娶回家当成收藏活的文化财般地供着，而不舍得让你管柴米油盐的俗事。于是我得变成自己的护持、自己的经纪人、自己的情人、自己的管家、自己的财库……真是三头六臂，千手千眼，夙夜匪懈，死而后已。

因为生活在现代的女人真不容易，所以每当我看到上海老广告画中的女人，总是怀旧，总是羡慕她们的单纯无虑，她们看起来既优雅又悠闲，只是静静地拿着商品，风姿绰约地微笑，摆个POSE，什么大脑也不必动，烦恼也不多，只要把自己打扮得漂漂亮亮的，就会有人把她放在任何可以卖钱的地方：钻石首饰、洗面粉、保养品、布料、服装、洋行、烟酒、牙膏、球鞋、药品、家电用品、保险公司……穿古装、旗袍、和服、洋装、泳衣、睡衣，半裸都行。

有时自己写稿、写文案写累了，也会突然丧失斗志：我干吗这么累？干吗不把自己打扮得漂漂亮亮，每天睡足8小时以上的美容觉，然后再花8小时运动、护肤、护发、泡澡、按摩、舒压、逛街瞎拼、与人交际……等人把我娶回家过好日子呢？我读那么多书，思考这么多，写的书这么多，把自己弄得操老极了，永远的睡眠不足，永远的黑眼圈，想想真是何苦呢？那些不必动什么大脑的美丽女人不都已经找到好归宿了吗？我干吗把自己弄得像超时的女劳工？所以我在自己书房墙上挂一张老上海的美女月历图，偶尔疲累地在计算机前抬头望望这：永远微笑优雅的古典美女，希望有一天能像电影《穿越时空爱上你》的梅格莱恩，瞬间就到那令人向往的时空。

至于书上这套上海老广告的海报样卡，是我在上海豫园旁边古董街店买的，因为老板娘看我盯着这些老海报虎视眈眈，一副大有可为的样子，但她又怕小小的店面没摆出我喜欢的，所以就拿出像扑克牌一沓的海报样卡让我选，我可是连选都没选，我要的就是这沓什么图都有的海报样卡，反正我每张都想带回去，也清楚家里没那么多空间可以展挂，所以求老板娘把样卡卖我。她当然不肯，那可是她赚钱的家伙，但我想我出了诚意的高价：45块人民币，就把119张各样式的小海报卡片一次带回家，算算其实也省了很多钱，这真是我在上海买到最超值喜欢的东西。

我喜欢这些美得有点超现实的月历海报，除了美女、美景、花、商品、广告词、年历之外，顶多有只小猫、小狗、宠鸟、骏马、猛狮、蝴蝶、小孩、姐妹……陪侍，然后几乎就没别的东西了（我指的是男人），真是美好的女性世界呀。还有，我也很喜欢这些俗而有力的广告文案，无论你是张三还是李四，你一定一眼就看得懂，"华生电扇，保用十年，修理免费""快乐小姐——她何以充满了愉快？因为她所穿的阴丹士林色布是颜色最为鲜艳，炎日曝晒不退色，经久皂洗不退色，颜色永不消灭不致枉费金钱""相对谈话，樱唇微启，嘘气似兰，摩登侍女，均爱用之——留兰香牙膏""粉质雪花，堪以代粉，软性雪花，堪为粉底，淡妆浓抹，一样倾城，如姐妹花，到处欢迎，化妆品中，首席明星——孩儿面软霜""愿同胞尽力提倡，永吸完全国货烟——中国公平烟草公司""她俩说：吸来吸去，还是他好——哈德门烟业""精制男女弹簧皮鞋质料坚固耐久，专造时式翻鞋花样新奇定价从廉——王春兴皮鞋翻鞋庄"落下了这些文案开门见山，一刀见骨，讲的人大声无愧，听的人也不费力，真是在这个"常把人搞得一头雾水"的意识流广告风下，我很向往复古文案的最高境界呢！

趁SARS刚过没多久，团费正便宜的时候去埃及，本来以为六月底去应该还不会太热，没想到将近五十度的气温，迎面有着如八十度的热风吹来，简直不是人能活命的地方，真的快煎成木乃伊，瞬间烤成八分熟。烈日下在诸多金字塔之间扫墓，眼前早已一片昏花，即使是防晒系数48的防晒油，只要一下冷气车不到五分钟就全蒸发光了，然后回来脸晒肿得像是刚被围殴一般，又丑又痛，再加上腹泻……十天后一回家，就像是中邪般地一直生病，发烧、咯血（更离奇的是，我手表的指针居然开始倒着走，时光开始倒流），那时台湾好不容易刚从SARS旅游警示名单中除名，高烧的我很怕自己会不会又害台湾列入黑名单，到时候就算没病死，也一定会被黑白两道追砍灭口。总之，这不是一次很舒服的旅行，真的还不如在家，吹冷气看Discovery就好。

唯一能让我打起精神的，就是到市集里见猎心喜，开始大开杀戒，杀价杀到两眼发红——一开始当然是做冤大头，如果你没有货比三家的话，比方一大块桌布，没杀价就是35美金，有杀价则可以一直杀到3美金（如果你还有时间跟他慢慢耗，搞不好还可以更便宜）；不过可别被路边拿着桌布抓着你喊："one dollar"的人骗了；因为等你真的靠过去了，他就会问你，你要出多少，如果你问他："one dollar right？"他就会鄙夷地说："one dollar for look，two dollars for touch……"几乎每一家店都是这副德行，"one dollar……one

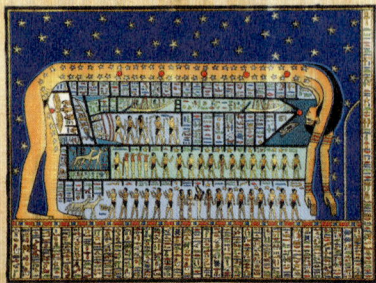

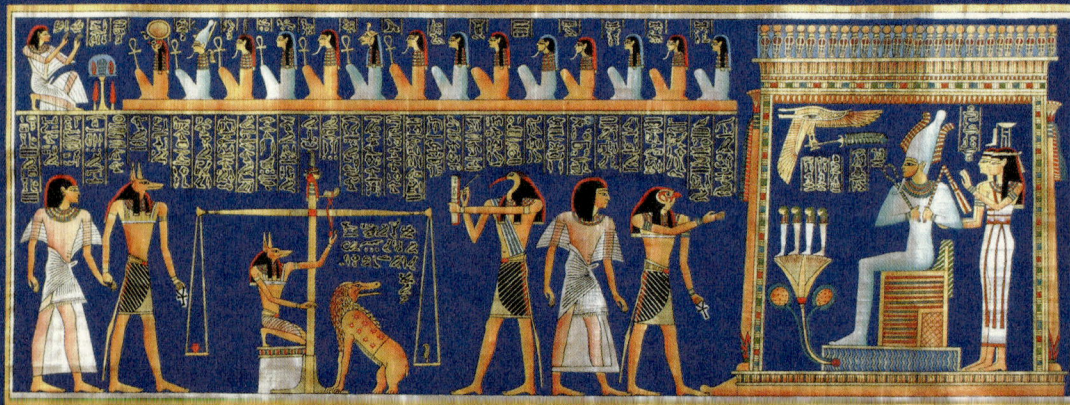

死后进入殿堂里接受宣判，天秤一端放心脏，一端放羽毛，如果心脏认罪，就会倾斜，然后等着被宣判官背后的怪物吞食；如果无罪，自己可以变成想要的样子再次复生。

你如果从他们手中接了货品拿来看一下，你想再放回他手里简直比登天还难。有人本来买一条桌巾，因为刚开始不懂行情，所以以为从35美金杀到10美金已经很厉害了，没想到同团的人有买到3.5美金，于是那一位先前买的人心有不甘地跑去那个卖3.5美金的店，又买了同样款式的3美金，每条又狠狠地再杀到3美金，这才稍稍摊平第一次的损失。

不过他们真的是乱喊价，甚至还会在卖给你东西后，问你要送他什么礼物谢谢他（他会指指你身上的笔、手机，或是旅行社的团徽……），真是被他们打败了。杀价虽然有乐趣，但杀久了也变得面目狰狞。如果到观光区，那么几乎是一下车就有人拿着石神雕、丝布、金字塔、草纸画……在兜售，然后你就会听到那个人追着你沿路在降价："30dollars……28dollars……25dollars……20dollars……15dollars……"等你回程，离游览车不到10里时，他们更是急得像是在最后冲刺："10dollars……8dollars……5dollars……3dollars……"等你一脚踏上游览车，一脚还在埃及土地时，他就变成了催魂的声音："2dollars……1dollar……"等你坐到座位上，就可以听到窗外大喊着："1dollar for 2"（天啊，本来一个卖30块美金，现在是一块美金可以买两个），所以买东西还是要等到最后一刻，果然是不见上车不掉泪。

我自己的杀价绝招，就是至少要比价三家，知道底价大约在哪，然后要有壮士断腕的决心，宁可不要也不可心软。我到埃及的第三天就已经对物价驾轻就熟，几乎可以杀到一

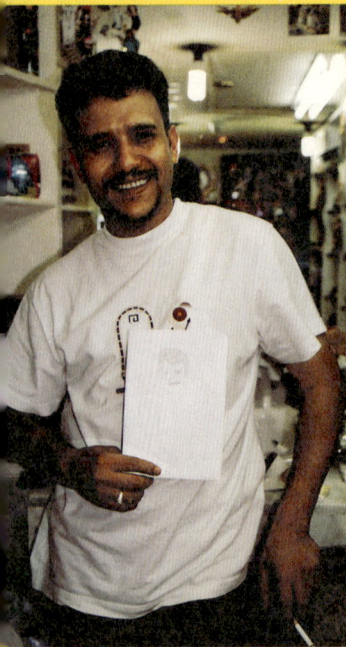

老板当场拿出纸笔，要我现场画他的人像素描。

折不到，我后来就是这样买到精油、项链、围巾、卡片、书、手工艺品、画……杀到老板好像快哭出来，等他忍痛包装，还苦一张脸问我："Are you happy now？"在旁边的旅伴问我是什么意思，我翻译给她听："杀这么低了，现在你爽了吗？"

不过，如果看到独一无二的艺术品，要杀的空间就比较小，因为实在很想带回家，没办法壮士断腕，于是就换招数：装穷——"对不起啦，我是穷学生，拜托算便宜一点儿啦，学费都快交不出来了……不信，我给你看我的学生证……"或是假装自己是记者，说是买回去报道用的，还跟老板要张名片，表示要刊出店名与地址，然后夸大报纸的发行量多少又多少，将来会有多少人来光顾……之类的空头支票拼命开，所以请老板半买半送。或是假装我是台湾团的导游，跟老板说如果算得够便宜，我会把整团带过来给他赚个够，这招通常还蛮有效的，我买的白色、粉红色两件埃及长袍，每件就是20块买到的。至于用以上哪一招，那就得现场判断老板可能吃哪一套：偏远而生意不佳的精品店老板，可以用"记者术"让他算你"成本价"；对付态度强硬的摊贩老板可以用"导游术"，让他以为可以放长线钓大鱼；应付比较温和的老板可以用"穷学生术"，引发他的慈悲为怀给你"进货价"……我觉得自己越来越像电影《神鬼交锋》里

的那个一旦变换身份以谋利的欺诈犯……

还有一招，是我到埃及才发明的——我在我们住宿的游轮上看到这个木乃伊雕塑（见150页），爱不释手，每晚都去橱窗前流连忘返，但老板开价160美金，简直是天价，但我知道游轮上的东西，本来就是摆明要贵卖给观光客，所以我只好先装成领队，然后再说自己其实也是穷艺术家，需要买这个雕塑回去做灵感，没想到，老板当场拿出纸笔，要我现场画他的人像素描……我既然话已说出口了，只好硬着头皮画出自小学毕业以后的第一张素描。我第一笔下去画脸框，就很担心线没办法圈成一个圆……然后就在五分钟内，硬是画出一个人形来，只是把他画得很像歹徒素描，还好他很开心，加上旁边有法国观光客当场善意的称赞，所以算我60美金，还加送两个浮雕磁铁……一张素描处女作为我省了100美金，真是太棒了。食髓知味后，我决定回国后要好好学素描，因为这也是杀价的撇步之一。

基本上，埃及的物价算是便宜，我在当地所买最贵重的东西，除了刚提到的60美金木乃伊雕塑外，就是以下这三样：一本*The Book of the Dead*（《死亡之书》）70美金，因为在博物馆里买的，没法杀价；一幅《死后审判图》，另一幅是《月神吞日图》（见152页），大约是40至80美金，看图的大小。尤其是图，是手工画的，颜色和线条都极鲜美……能顺利收藏到这几样绝美的埃及死亡美学，实在很值得！

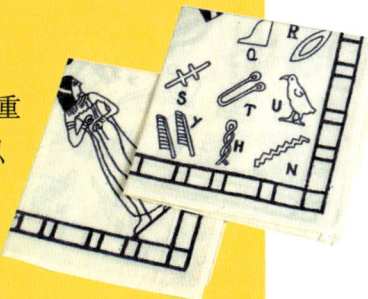

灵

- 浴缸里的世界之旅 ● 依法我可以吸食精油
- 有灵气的味道，是我最后美好的环境
- 佛自家中坐，饮食起居都在修行 ● 每周六的诞生仪式

以物交换回我的灵魂，我最后的美好环境。

浴缸里的世界之旅

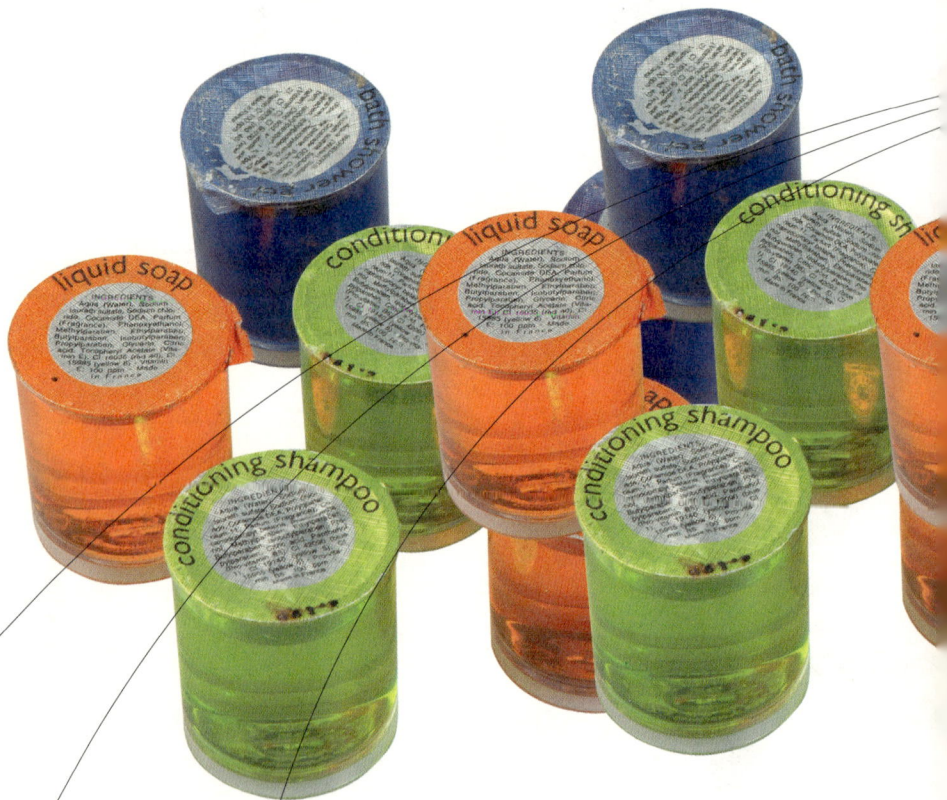

自纽约"911事件"之后，吓得有好一阵子不敢坐飞机出国，而且每天活在研究所的论文报告与永远写不完的书稿之中暗无天日，郁闷的程度简直没有出口，老在抱怨数百万个笨美国人，怎都抓不到很有创意的本·拉登一人，害全世界都没有安全感，都失去自由，再加上一连串的空难……

前阵子搬家，清出一堆我旅行时从各国饭店A回来、没用过的小罐沐浴乳、洗发精、乳液、牙刷、牙膏……然后所有关于出国旅行的记忆，如排山倒海而来——我是那种在家会失眠，出国住饭店睡得像猪一样，完全不认床；妈妈说我从小就是这种"四处躺、到处睡"的性格，在亲戚朋友家沙发上一睡着就睡得不省人事，抱到家一放回自家床上，眼睛立即睁亮完全清醒，要再哄我睡简直比登天还难，让我妈很无力地想干脆把我拿去送人算了。长大之后为了好眠，我只好不停地出国旅行，一看到饭店的床，三秒钟连姿势都还没摆好就睡着，完全没时差，然后一回台湾就连续失眠两个礼拜，真不知是命好还是命苦。

这些已经堆积如山的旅馆用品，够我用好一阵子。于是，我把浴室大罐的沐浴乳及洗发乳都收起来，把这些陪我坐飞机而回的旅行证物，分批摆在洗手台及浴缸边上，然后换上全白的浴巾浴袍，把浴室弄得很旅馆，即使一时半刻我还出不了国，我在浴室里还有漂泊旅人靠岸休憩的幸福错觉。

这些分别从赫尔辛基、斯德哥尔摩、哥本哈根、布拉格、维也纳、布达佩斯、阿姆斯特丹、巴塞罗那、伦敦、纽约、威尼斯、雅典、东京、曼谷、摩洛哥……带回来的形状、颜色与味道迥异的瓶瓶罐罐，把我的浴室摆成了环球饭店，我每天选一个国家来洗澡，就像重新唤醒"逛完一个城市累了回饭店沐浴"的身体记忆，这些异国的香味，让我很阿Q地以为我正在旅行。我还有一个可以陪我泡澡的吹气地球，我光洗个半小时的澡就像环游了全世界，然后就会在今晚的异国味道中睡得很好，精神与肉体都有着跨海旅途的无限满足。

如果你暂时抽不出身出国旅行，就学我吧，霸占一间自己的浴室，每晚摆成不同国家的味道样式——不过前提是：以后出国旅行要有顺手牵"洋"的好习惯，把饭店没用完的沐浴用品全带回来，这样就可以回国在自家的浴缸里，延长你的旅行期限。

再过几个小时，我就要准备搭机去旅行，因为我的沐浴乳快要用完了。

依法我可以吸食精油

身在七情六欲、乌烟瘴气的城市，很难不苦闷，很难不沮丧，很难不生气，很难不恐惧，很难不忧郁。既然一时半刻无法超脱成圣，桌上瓶瓶罐罐的精油就被我摆成了女巫调制身心灵药方的阵势——我打算以嗅觉上通大脑的快捷方式，唤醒每一条传导神经，高效率地振兴衰败的心脑细胞，从骨子里撤换悲观情绪，借高速血流疏通郁结，进而放灵魂大胆出窍，小心回魂，让整个人瞬间改朝换代。

巫医专用的复方精油，高单位的花魂，比度亡经更具有死而复生的轮回神迹：有自信配方、积极配方、亢奋配方、勇气配方、镇定配方……一如灵魂风水师，我把这些气味法术都装进了阿拉丁式的熏灯里，一点燃就改现状，一呼吸就入禅定，这是一种最接近神魔二界的自疗之法，没有灵性的人是感应不到法力无边的。

如果是涂抹在手腕内侧动脉上口，血管的跳动成了致命的吸引力，你很迷醉，身边的人靠得更近，你就很难对自己下毒手。

用精油泡澡，犹如做一场30分钟的液体瑜伽，所展现出来的神效，到床上都还有效。有些标榜可以喝的精油，尝起来更是如饮鸩止渴般刺激，生死未卜地满足口腔期，活着就是最大的恩典。

既然依法不能吸打毒品，所以我吸食更奢侈的精油。

有灵气的味道
是我最后的美好环境

我对味道很敏感。清晨的市场里总是有生鸡鸭鱼肉的血腥味，白天的医院里总是有老弱病孺的药苦味，嘈杂的网络咖啡厅总是有快要窒息的烟臭味，下班的捷运里总是有男学生运动衫上的汗酸味，晚上七点半的街道上总是有腐败欲呕的垃圾味……在这个充满味道的城市里，很多时候我低头掩鼻拒绝呼吸，就如同徐四金在《香水》一书中所指：失去嗅觉，也就会失去所有对人情冷暖的感觉，更惨的是，会失去所有的热情。一天下来，昨晚修持得再纯净的性灵、洗刷得再干净的身体，都会被这些五味杂陈的味道惹上一身腥臭而呼吸困难，所以一回家的斋戒沐浴，成了我一天结束时最重要的大事。

我一回到家，第一件事就是马上放西藏、吴哥窟、摩洛哥或是越南的音乐，然后点上香，把每个房间都绕过一次。在此同时，我将浴缸放满热水，滴几滴精油，等冲过澡后，就安安静静地泡澡，并看着禅修的书。

我很喜欢一个人，在一个充满好味道、好声音、好文字的房子里，享受安静的心灵，与无垢的身体——这真是我在滚滚红尘中最后的美好环境，无论我在外面受了什么侮辱、漫骂、委屈、磨难、挫折……我只要在一天的最后，回到这样的清净之地，就觉得平安地赎回了今天快要堕败的身心灵。所以我几乎买齐了各国的，如印度、泰国、埃及、马来西亚、印度尼西亚、日本、尼泊尔……各种味道：玫瑰、薰衣草、白虎香、茶树、百合、麝香、茉莉、肉桂、水仙、柠檬、檀香、迷迭香……我对世界上的好味道很贪心，像是想建立一座万国万种的香料室，只要味道一进入房里，香味就立即启动平静的力量，我身处之地就成了铜墙铁壁般的心灵宫殿，无人无事可叨劳。

除此之外，我喜欢从各国带回各种味道的沐浴用品：南美的古草药味、回教的神秘香味、北欧的冰雪花草味、日本的硫黄温泉味……我今天想在浴室让身体神游到哪个国家，不必机票护照，手上几滴的沐浴乳就可以办得到——我的精神层次，是由有灵气的味道来标示灵魂升华的海拔高度，越让我清心透净的味道，我越法喜自在。经书上就说过："上方有众香世界，众生闻香入律，自然止恶生善。"好味道进入中脉五轮后，影响了心、气、脉、轮——香气自鼻吸入后，能净喉轮之贪，上升顶轮祛除痴爱，下降心轮化解嗔恨，引五方佛的智慧及地水火风的能量，护持身心所在的道场——我的环境就是可以随时超凡入圣的new age殿堂，在家就可修行了，何必上山出家？

我已经对这些好味道严重嗜瘾了。如果有一天我破产，再也买不起任何一种香味时，恐怕我得被送到勒戒所，或是得马上割除所有的嗅觉神经，否则我会痛苦难耐至死。

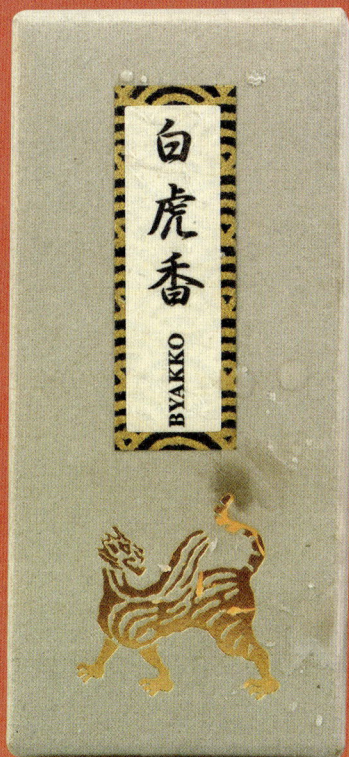

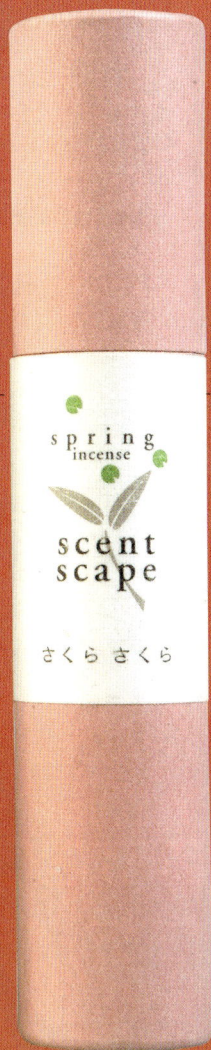

白虎香

BYAKKO

spring
incense

scent
scape

さくら さくら

佛自家中坐
饮食起居都在修行

我不晓得为什么，从小就很喜欢到庙里，高中大学时代还参加了很多次佛学禅修营，前阵子则是定期到精舍听经礼佛。

2002年8月在西藏待了18天，就住在大昭寺对面的亚旅馆。无论当天行程到哪，我每天黄昏一定回到大昭寺，向每一尊佛礼拜，向每一尊佛说一遍我的心愿，绕一圈下来也说了数十遍。我还记得我望着大昭寺那座镇寺之宝，由唐朝文成公主带来的释迦牟尼佛12岁等身佛坐像，我向他祈求：早日给我一个可以永远爱我，可以与他安心对望一辈子的真命天子，但等我连求了十多天，我祈求的声音却越来越薄弱，我想要的真命天子不就在我眼前吗？他在那如如不动，可以与我对望一辈子，可以永远对我拈花微笑，耐心倾听我所有的心事，永远护持我，全天下有哪个男人可以像他那样，给永恒不变、无惧无畏的爱呢？

于是在我离开西藏的前一天，我在拉萨的八角街买了一尊象征慈悲与智慧、佛父佛母相拥对坐的欢喜佛，带回台湾安置在我床边，我仍然每天一柱《除障香》地供向着阴阳和合的大情大爱，祈求单独的我仍然有众人相持，让我不熄爱人的能力。

我还有一尊年初从吴哥窟扛回来、重达五公斤的粉石观音像，现在放在我客厅的长佛桌前，熏香不断，以最大的慈悲与同理心回向给我的冤亲债主，愿现在仍怨恨着我的宿敌从此离苦得乐，互放对方一条生路。

至于在我书桌前方的佛像，则是我在吴哥窟路边看到工匠摆晒，还没上金漆、一身炯黑且有神的释迦牟尼佛坐像，我还跟工匠一边挑东嫌西，说这有瑕疵又没上金漆所以算便宜一点儿，从25美金杀价杀到12美金；一边在内心深深地念佛忏悔——还好这尊黑佛像很轻盈，现在我把他供奉在清朝古矮柜的金绒垫上，每天的薰衣草烛火不断，并供上一首禅诗："夜客访禅登峦峰，山间只一片雾朦胧，水月镜花心念浮动，空不异色色不异空，回眸处灵犀不过一点通，天地有醒醐在其中，寒山鸣钟声声苦乐皆随风，君莫要逐云追梦，拾得落红叶叶来去皆从容，君何必寻觅僧踪。"诚心祝愿天下众生，与我一同得到真正的平安与平静。

我的每个房间，就像各自焚香祈愿的佛厅堂，总是烟雾缭绕，伴随着心经或是法王的诵经在房里24小时地低唱着，我也渐入无执无我、无雨也无晴的涅槃之境。继2004年初的印度之旅后，我预计将在往后继续我的修行之旅：丝路、尼泊尔、泰国……我将会继续带回更多的佛像、法器与行脚之后的智慧，让从各地请回来的诸圣、诸佛能随身护持我，如此，我就可以在尘世闹区的家中，日夜安享一处难得的修行净地。

每周六的诞生仪式

我以前的生活，既忙碌又焦躁，一个星期下来，觉得自己的身心像是好几天没倒的垃圾桶，沉重得喘不过气来。于是我开始规定自己，无论再怎么忙，每个星期六就是我不工作的日子，我称之为重生日。

重生是有一连串固定的仪式：首先，在星期六的清晨七点半，我准时与太极老师、师兄姐们到山上去练太极。随着鼓声水流音乐放空我的心，让我的身体随动，不受意识的控制。我让自己闭目，冥想着自己的灵魂已交还给上天，分碎在太虚之中，我也失去身体，我变成水，我的身体像水母般浮沉着，或者变成风，像棉絮一般无重力地吹飘着，没有感觉，没有思考，然后再慢慢进化成单细胞生物、多细胞生物、两栖动物、爬虫类……慢慢进化成一个胎儿，回到母亲的子宫里，在羊水中继续地胎动着，然后仰望着阳光，喜悦地诞生。

我的旧身体已化于无形，新身体已进化成功。将近中午，我的仪式完成后，带着一个新的身体收工下山。吃了简单的素食后回到家，沐浴更衣，薄涂乳液，点上精油灯，燃一支从京都带回来的白虎香缭绕，关掉所有的电话电铃声，然后开始我第二阶段的仪式——馏心。我放着庙钟声，伴随着法王低沉的诵经音乐，坐在床上看心灵的书。这星期，我把自己想象为就是敞开的天空，可以接受各种形式的气候，可以接受各种事物的来去生灭；暴风雨后，一切又恢复澄净，自己成了空无一片，无边无际。

当我有了全新的身体与蒸馏后的心灵，我放下书，开始闭目静坐，这是第三阶段的身心一统仪式——我把不垢不净、不生不灭的心魂，融进初生无瑕的胎体中，此时此刻，我已经是一个重新诞生的人，所有的细胞已汰换，我原有的名字也有了新的意义。我与过去的我欣然地说再见，告别昨日种种，譬如昨日死，我活在此时此刻，活在未来无尽世。

这是自我33岁生日后，换身、馏心、整合之每周六的诞生仪式。写这段文字的我34岁，我已经死去51次，诞生第52回。

在此宣布，遗产受益人

我当然没有如百亿富豪有这么多财产可分，让一堆子女守在身边伺候老年。但数十年下来，我已经有上千张从世界各地带回来的音乐，有很多的收藏品（细目请参见本书内容），有十大柜的书……我仍有许多文化资产可供分配，以感谢在我身边十分有耐心、陪我度过生命起伏的好友们。

我打算在每件东西后面注明地址电话，只要活得比我长，你／你们就是我的遗产受益人。

消费的尽头是什么？

广告的未来预言式：

你好不容易找到可以清心寡欲的桃花源，小心，那是度假村的虚拟卖场！

自己是广告文案，我得有一双隐恶扬善的眼睛，报喜不报忧的嘴，我得是一个看什么都美好的乐观消费主义者——如果你问我那部电影好不好看，那家餐厅好不好吃，那本书值不值得买，问我真的不准，因为我都会说超好看、太好吃、绝对值得买，此生不拥有会死不瞑目之类的推荐美言。我以为自己有一张不造口业的功德嘴，其实是已经职业病入膏肓了，不要怪我。

直到最近，为了把我搁在幺关上的一堆未拆封的包装袋物各得其所，我才一一检视那些我冲动付钱，买了就忘，看到账单才想起来的所有新添置的：甜·蜜·负·荷。

包括：

1 疲累的星期六下午、到SOGO买的一罐将近上万元的海洋拉娜面霜（听说烧伤的博士用了，全脸焕然一新，我也高价买下，这个应该也会在我未老先衰的脸上比照办理的美丽奇迹）。

2 寒冷的星期天深夜，看完一部北国的爱情电影后，顺道在西门町街店买了一顶雪绒白帽，想复制电影里纯情地等待热烈拥抱的初恋气质。

3 奋发的星期一早上，去诚品买的两大袋书，有《流行文化社会学》《耽溺》《气的乐章》《命运与自由》《中国解梦辞典》……我把这些书就堆在床头边，希望这些知识会趁夜自己爬进买书速度比看书速度还快的我的大脑皮层里。

4 虚脱的星期二傍晚，我为了犒赏自己，为了转换感官空间所买的五张CD。后来发现有一张以前就买过了……啊，不能怪我浪费，只能怨我健忘，家里上千张CD谁能记得那么清楚？

5 无聊的星期三中午，和朋友到天母的餐厅吃饭，从我住的地方走到目的地，沿路都是橱窗诱惑，那件我一看到就意志软弱的黑色高领紧身衣，穿起来可以变得像是星际女将般的自信有形，还有那双及膝的长筒黑皮靴，像挺拔的军官，现在才一折，我的冲动购买力已经没有风阻系数，我身边的人已经找不到理由劝挡我了。

6 有企图心的星期四下午，约一个懂计算机的朋友陪我去买只有八百多克的迷你笔记型计算机，小得好可爱呀，像是依芭比娃娃体形所设计的携带型计算机，我放在背包里一点儿都不感觉沉重。店员说只要四万三，但一台光溜溜的计算机就像没手没脚、动弹不得的残废，所以得再花钱买外接光驱、软盘驱动器、上网传输线、移动电话上网传输线、网络卡、网络线……加起来已经超过一万多了。没办法，我一天要收50多封E-MAIL，得确保在任何地方，即使在荒岛、高原、沙漠，或是被绑架现场都得收得到信——我得在24小时之内回信，否则情人会错怪我变心，朋友会错怪我骄傲，读者会错怪我冷漠，编辑会错怪我懒惰……为了在都市维持高速不止的人际关系，我就算到月球也会想办法用卫星上网。

7 慵懒的星期五早上，我到生活工厂采买香精蜡烛、玫瑰盘香、薰衣草精油、线香……我需要很浓郁的灵修空气，净心之余，还能运转好风水，召唤我的贵人，驱散我的敌人。

我比较快乐了吗？比较美丽了吗？比较有知识了吗？比较有人缘了吗？比较清净了吗？比较好运了吗？没有，一点儿也没有。我还是继续买书、买保养品、买衣服、买CD、买计算机配备、买香味……我一个人住三房两厅，我自己睡一房，其他的两房两厅都是摆这些……不付我租金但占我最多空间的一堆……不晓得当时为什么要买的……东西！

像我这种得了购物上瘾症的病患，我确信不只我一个。电视机一转开，告诉你感恩节圣诞节情人节快到了，提醒你趁节庆打折买个礼物表心意；报纸一打开，某某太太送了一个LV名牌包包，给从外遇回头是岸的老公，当成他换大办公室的贺礼；我坐捷运听到一个爸爸对正嬉闹的小女儿说，你如果再不乖乖坐好，你的神奇宝贝就不见了。我看过一部在挪威渔村拍的纪录片，一个小女孩每天辛苦地在港边收割被丢弃鱼头的舌肉，装袋卖钱，为的是要存钱买一只泰迪熊……天啊，她明明可以看到活的北极熊在家附近徘徊耶，她还要一只死的泰迪熊干吗？

在《打开恋物情结》书中，珍·汉默史洛就提道："……每一星期，美国人平均花6小时逛街买东西，但只花40分钟和孩子玩耍；两个人都上班的夫妻每天只花12分钟说话。花钱买东西，然后收拾这些东西，全都需要时间，而这些时间原本可以花在更有意义、更有价值、更长久的事情上——我很喜欢我的生活风格，但是痛恨我的生活。……只要人还脆弱、会依赖、会生病、怕老、怕肥、怕平庸、痛恨缓慢，这七个现代原罪、七个人性弱点就让厂商永远有机可乘。"

有时候累了，躺在地板上仰看环视自己的房间，都是书、娃娃、海报、CD、VCD……阴魂不散。如果此刻地震摇起，我一定会被我庞大的文化资产活埋……我突然羡慕起家徒四壁的人，真好，连夜逃亡或是快要死亡都不会有牵挂，想想我何苦？死了这些东西又带不走，都变成留给别人继承的遗产，抑或是资源垃圾，我干吗为了赚这些带不走的遗物，搞到自己短命？

我已经不大看电视了，原因是：只要不看广告，就看不到自己还缺什么，这样既可以省电费，又可以避免提前宣布破产。当我们对现有的广告开始警觉、开始批判、开始闪躲时，广告却又会化身成另一种样貌，以我们还没察觉的新形式，继续它的威力，就像村上春树的《海边的卡夫卡》封底所描述的："有时候所谓命运这东西，就像不断改变前进方向的区域沙尘暴一样，你想要避开而改变脚步，结果，风暴也好像在配合你似的改变脚步，你再一次改变脚步，于是风暴也同样地再度改变脚步。好几次又好几次，简直就像黎明前和死神所跳的不祥舞步一样，不断地重复又重复。你要问为什么吗？因为那风暴并不是从某个远方吹来的……换句话说，那就是你自己，那就是你心中的什么。"若拿这一段文字用来形容广告的未来，是再贴切不过的，广告将想尽办法紧跟着我们变化的脚步与生活形态，而唯一让广告永远有乘虚而入的缝隙，就是我们心中的欲望，只要广告人紧抓着一个还有欲望的人不放，广告商与广告主永远都有钱可以赚。

所以，可以想见的是，将来的科技让我们的生活更便利，例如：一回到家，只需以口令就可以让灯、空调、音响、电视……打开，但也有可能会在开启音响的同时听到："您这张恩雅的CD已经听了325遍了，告诉您一个好消息，恩雅已于今日发行最新专辑，您现在要试听吗？如果您试听满意，现在在线订购还可享88折优惠！此外，买这张恩雅新专辑的人，有85%也买了雅尼上个月发行的新专辑，如果有兴趣，建议您也一并试听看看……"

当我们打开网络冰箱，永远都会有声音提醒我们："您的鲜奶喝完了，矿泉水也只剩三天的存量，现在推出低脂酸奶……是否同意明天由宅配公司帮您送到家？"我们可以享受网络微波炉的便利，只需下载食谱，搭配今日宅配的菜料，就可以有热腾腾的佳肴上桌，但你的胃口已经被某家超市控制了。连接网络医院的马桶，虽然可以实时侦测排泄物以得知本日的健康状况，但我们也可能在如厕后，听到以下的推销："您的本日健康报告已出炉，网络医生建议您，应多进食含有纤维素的食品或饮料。现在统一推出高纤果汁，每天一瓶，会让你更健康……还有，您今天来月经，请记得饮用白兰氏四物鸡精……至于您其他所需的营养清单，我们已经设计一份您专属的食谱及相关的折价券，传至您的电子厨房与本日建议菜单之中，请参考。"

科技让我们的周围环境开始说话：发现我们有牙周病该去看医生的智能型牙刷，侦测脊椎侧弯的智能型沙发，会建议我们该减肥或增胖的智能型磅秤，会端看我们仪态与衣服搭配的智能型镜子，会依网络医生建议而随时在水里加银杏、人参、草药、维生素的智能型开饮机，会以精油调配出"情趣空气""灵疗空气""助眠空气"的智能型空调……这些看起来很关心我们健康的智能型家用品，其实都是隐形的推销员，等着我们出毛病，等着我们的用品出缺，然后提醒我们该去买什么了，就像电影《关键报告》所揭示的，我们的欲望眼眸、一举一动，都已经被严密监控，包括我们的潜意识与需求在内。

费德利克·贝格岱在《NT280》书中提道："我们的生活被胸罩、冷冻食品、治疗头皮屑的洗发精，以及三段式的刮胡刀所侵占。有史以来，人类的眼睛从来不曾如此遭到挑衅：根据估算，从出生到十八岁为止，每一个人平均过目的广告约在35万篇左右。就算在森林的边缘、在小村落的尽头、在荒芜的深谷底、在白雪皑皑的山峰顶上、在缆车的车厢里，我们都得面对着超级市场、杂货卖场、修车厂、外销成衣商场的广告商标。消费者的目光注定没有休息的片刻。"

除了上述，以高科技的家用品监测你的需求，实时且贴身地推销新产品外，网络将是提供许多梦想的乌托邦，如同《谁在操纵我们》的书中，纽约大学教授Doulas Rushkuff所提道的："让我们回想社会学家赛门（Herbert Simon）在1971年创造的术语，这位新经济学家宣布我们已经进入一种'注意力经济学'（attention economy）时代，企业家能够在网络上赚钱，唯一限制因素就是他们能够从网民身上挖出多少'眼球时数'（eyeballhour），已经有人在研究、应用新方法——从图形接口到因特网入口网站——来控制注意力，他们的目标就是已经习惯性使用鼠标和遥控器的人。"

广告商将来可以在网络环境里面，创造我们最后的美好环境，就像一款名为"天堂"的电玩游戏，让很多青少年把大部分的时间与金钱投注于上，年轻的玩家以在其虚拟世界中的阶级、能力、天币为输赢。所以可以合理推见的是，将来广告商想要吸引新世代的方式，就是开发一个个有趣且架构庞大的电玩游戏，就像一个个迪斯尼乐园的陷阱，他们得买门票，还会自愿地买起周边商品；如果再能搭配他/她们的偶像一起造势，只要一款成功的电玩环境创造出来，真的，你想在里面卖什么都不难。

就像电影、偶像剧中，日本女星松岛菜菜子用的手机、汤姆克鲁斯戴的雷朋眼镜、影集《欲望城市》里凯莉穿的高跟鞋……这些商品跟着电影及偶像剧流行而瞬间发红热卖，反而在偶像剧间的插播广告，观众还会转台，效果大打折扣。就如同《蓝色的承诺》书中所指出的："007庞德电影就是一部转动不停的营销机器，在最新一集里推销了BMW、爱立信、海尼根啤酒等，让我们猛然明白，品牌之旅的高速公路已经打通。"可见将商品置放在故事情节中，是一个可行的、有机会造成热卖的方法。所以，在电玩游戏或是网络环境中，不经意地置放商品，就是一个隐于无形的推销方式。

身为广告人，死为广告魂，当有不少客户问我，在未来广告越来越没有人看的时代，该如何让消费者知道他们刚推出了这款更好用、更有效、更轻巧酷炫的新商品？他们该如何刺激这些收看口味越来越重，但购买品位却十分难捉摸的消费者？

我回答："我不知道别人是怎样，我只能想象自己。把自己当成未来的消费者，然后推己及人：如果照这样的生活继续下去，依我对现实生活的不满、又不能立即移民到别的星球的状况下，我会寄情在网络，我要在网络上建立我心目中理想的乌托邦，号召同好，共建美好未来，如果我没有财力，我会找赞助金主。如果网络上已经有各式各样现成的乌托邦，那更好，我只需每天逛不同的网络国度，比环球旅行更好玩又更便宜圆梦。所以，如果想拐我花钱的聪明厂商或是广告商，应该是默默地建一个个好玩的、装进特别梦想与依慰的乐园，收容这个城市每天感觉失落的更多子民，在那里有自己的新事业版图可以纾解不得志的怨气；有自己虚拟的新家庭可以团聚，与所爱之人终成眷属又不必负责任的生活梦想；有自己的王国、财产、身份地位……就像电玩以想象、神话所建的虚拟三度空间，但少掉打打杀杀的游戏规则——整个网络环境就像是一区一区的迪斯尼乐园，或像是让每个从现实生活下课下班的人会归心似箭、迫不及待回返的虚拟星系：【天体国】收容那些想脱掉律师袍、医师袍的人，无衣蔽体的伊甸园，才能让你享受原始的肉体自由，这里没有身份高低的焦虑，但可能会有身材好坏的压力，所以可以由健美中心来赞助这虚拟的裸体乐园；【速度国】给所有受不了塞车的人，一个没有时速上限、没有罚单的公路，供你尽情地、像泄恨一般地狂飙——请注意，这条公路是F跑车所建，你想飙速度，在现实生活中你没有他们的车，你就拿不到会员密码，你就上不了这条虚拟的超速公路；【无信息国】让所有得信息焦虑症或是信息厌食症者，有一个眼不见为净的无字天堂，太好了，你以为终于摆脱广告文字的迫害，开始真正享受当文盲无知的快乐吗？不是的，这是一个纯音乐环境，像是去掉广告的音乐电台，本来就不需要文字信息，但如果你很喜欢这首曲子，你就会自己忍不住点进去看个究竟，听清楚喔，是你自己进来的喔，不是广告商拉你进来的，里面就有你可以在线下载的音乐选项，他们只需要你的信用卡号，然后你要听几遍都行；【迷醉国】里提供的是晕醉旋绕的世界窗口，所有你见到的人都是双重叠影，所有的建筑都是飘浮在空中，看不清楚的现实就像黄粱一梦，如痴如醉——想在现实生活中也大醉一场吗？请点选网络宅急送，离你家最近的便利商店，会在20分钟内拿着烈酒礼盒按你家的门铃；【无声国】是让所有受不了选举宣传广播声、半夜救护车声、邻居卡拉OK吵闹声、楼上疯狗狂吠声、妈妈老婆小孩日以继夜烦闹声……的可怜人，来到这个完全没有声音的国度，连键盘都规定要换成静音的（无声国的网络补给站有卖），多好啊，耳根彻底清静的天堂，但你可能得先弄清楚，是不是某家禅修冥想中心设的网站，如果是，试用期过后，你可得开始交年费，否则你接下来会被他们的噪音广告信烦死；【情爱国】欢迎你回家，会有人无怨无悔地嘘寒问暖，端热茶、放热水澡，然后投怀送抱……这是家具店及性服务店的联营网站，情趣床和情趣椅还可以照你的特殊需求打造，也就是说，如果你在网络上玩得如火如荼，在现实生活中是可以照演一次，付钱把人连家具运到你房间，卡号一输入，梦想马上成真，有了信用卡，我们还需要只有三个愿望的阿拉丁神灯干吗？……消费者早就厌烦广告了，将来不再有一厢情愿、花上百万广告费买广告时段或报纸版面的笨厂商，现在所有老板急需要的是"虚拟环境建筑师""梦想企划师"……依人心逃难的出口路径，在终端打造一座偌大的人工乐园，等着你自己搭飞船来自动皈依。你以为好不容易找到可以清心寡欲的桃花源，但你忘了，你上的是晶华城免费提供交通往来的宇宙飞船，还有，请看清楚，在桃花源的墙角下有一排小字，欢迎光临XX度假村的虚拟卖场！……如果有一天，你已经看透你的空虚，发誓不再买东西，决心四大皆空，或是练就心物合一的功力（注视你想要买回家的东西十秒，把它的魂魄吸融进自体里，就可以不必付钱地把它带走，瞬间得到满足），甚至更练到，'本来无一物，何必付账单'的境界，或许你就可以免于因精神匮乏而荷包被剥削的命运——不过小心，别以为上了戒物欲的网站你就免疫了，因为可能是由慈善团体架设的，要你少消费，多捐钱，做功德。"

客户问我如何突破消费者的心防，我居然还自白这么多，果然是请君入瓮。

到底有没有办法真正脱离重重的物欲魔障？当然有，如果离不开网络，就自组简欲、不与他人相往来的网络社群，规模够大，还可以向厂商订购你们所需的生活货品，只需少量生产、低污染、低包装、高机能，省掉广告费，所以也不贵，如此厂商就不再生产供过于求的东西，不必再伤脑筋推销那些：其实根本无需生产出来的过剩物资，还花大量的金钱与人力推销——我们需要什么，告诉厂商，他们接到订单再做就好。如果这个供需形式发展到极致，还可以部落为单位各自生产，以物易物，比方【诗人国】里的诗人，可以一首好诗交换【医师国】一次网上看诊，而将来医师的药方单上，除了消炎药之外，可能还包括一本诗集；【农民国】可以一斤蔬果交换【游牧国】的一只羊腿……网络可以实现乌托邦的理想，没有了流通的货币，就可以让人重新思考：人与物的价值。

如同纽约邮报专栏作家Jane Hammerslough在《打开恋物情节》书中，所引用的寓言："故事是这样的：他可以得到任何他想要的东西，条件是拿他唯一拥有，而且世上无法替代的东西交换。想想看，这个换得的东西是有能力让你完全掌控自己的生命，很诱人不是吗？你如果熟悉歌德的《浮士德》，应该就知道提出这个条件的是魔鬼，而交换的东西就是灵魂。浮士德第一次看这份合约的时候，觉得这份合约真的很棒，当然好啰，有了这个能力他就可以控制一切，可是并不表示他会因此感到满足。可怕的问题就在这里：没有了灵魂的浮士德，不论得到多少东西都不会感到满足。"就像费德利克·贝格岱所说："1998年，全球广告业主投资在广告上的金额，高达两兆三千四百亿法郎，我可以向你们保证，以这个价钱，没有什么东西是不能出售的——尤其是你们的灵魂。"我们可以生活得更简单，如果我们可以不受广告影响这么深的话；我们还可以过得更幸福知足，如果我们不以购物作为成就与自我满足的方式的话！

图书在版编目（CIP）数据

恋物百科全书 / 李欣频著. —— 济南 ：山东人民
出版社，2016.2

ISBN 978-7-209-09297-5

Ⅰ．①恋… Ⅱ．①李… Ⅲ．①随笔-作品集-中
国-当代 Ⅳ．①I267.1

中国版本图书馆CIP数据核字(2015)第265362号

山东省版权局著作权合同登记号　图字：15-2013-255

恋物百科全书

李欣频　著

主管部门　山东出版传媒股份有限公司
出版发行　山东人民出版社
社　　址　济南市胜利大街39号
邮　　编　250001
电　　话　总编室（0531）82098914
　　　　　市场部（0531）82098027
网　　址　http://www.sd-book.com.cn
印　　装　北京图文天地制版印刷有限公司
经　　销　新华书店

规　　格　16开（160mm×200mm）
印　　张　12
字　　数　150千字
版　　次　2016年2月第1版
印　　次　2016年2月第1次
ISBN 978-7-209-09297-5
定　　价　32.00元
　　　　　如有印装质量问题，请与出版社总编室联系调换。

李欣频
作品

时尚感官系列 　　　　　　《食物恋》
　　　　　　　　　　　　《恋物百科全书》

　　　　　　　　　　　Ⅰ《爱情教练场》
爱情都会 　　三部曲 Ⅱ《恋爱诏书》
　　　　　　　　　　　Ⅲ《爱欲修道院》

李欣频的 　　　　　　　1《创意启蒙之旅》
环球旅行箱 　三部曲 2《心灵蜕变之旅》
　　　　　　　　　　　3《奢华圆梦之旅》

李欣频的
创意天龙8部

《十四堂人生创意课1:如何画一张自己的生命蓝图》

《十四堂人生创意课2:创意→创造→创世》

《十四堂人生创意课3:50个回答+笔记本圆梦学》

《私房创意能源库:50项私房创意包 50项变身变脑法》

《旅行创意学:10个最具创意的"旅行力"》

《人生变局创意学:世界变法、你的百日维新》

《十堂量子创意课:10个改变命运的方法》

《打造创意版的自己:创意脑与创意人格培养手册》

旅行瘾戒不掉 ● 博物馆还在扩建中

班杰明体内有个图书馆般的、不惜变卖家产拼命买书，李欣频体内亦感觉到有一座博物馆的需要，这座博物馆早已分好类别，等着我去旅行填满。

她从旅行里找出自己的精神脉络，在购买中建立自己的物体系，从收藏里归纳出自己的恋物信仰。以收藏这些物品作为中年后最大的慰藉，一如拥兵自重的诸侯，对外面的大环境进行一场无言的抗争，对内则在自己的国度里进行着宰制，却互相拥有的行为。

旅行仍在继续，收藏尚未停止，体内的博物馆依然索求无度。

推荐

在这本书里，欣频将她自己、将所有的文字，化为一篇巨大的寓言。

——叶怡兰 知名美食家

如果你细读《恋物百科全书》里的枝枝节节，你会恍然大悟，原来爱情也有解剖学。

——小米 读者

责任编辑　杨云云
装帧设计　杨雯雯

山东人民出版社
全国百佳图书出版单位一级出版社

正版图书
盗印必究

咨询电话：0531-82098014
拨电话4007777315或发送短信
"查真伪#防伪码"至12114查真伪

刮涂层 输密码 查真伪

ISBN 978-7-209-09297-5

9 787209 092975 >

定价：32.00元